中国经典艺术美学

《二十四诗品》之中国诗歌美学

顾作义 著

SPM 花城出版社
南方传媒
中国·广州

图书在版编目（CIP）数据

《二十四诗品》之中国诗歌美学 / 顾作义著. -- 广州：花城出版社，2023.8
（中国经典艺术美学）
ISBN 978-7-5360-9873-2

Ⅰ. ①二… Ⅱ. ①顾… Ⅲ. ①诗歌美学－诗歌研究－中国 Ⅳ. ①I207.22

中国国家版本馆CIP数据核字(2023)第123323号

出 版 人：张 懿
出版统筹：杨柳青
责任编辑：林 菁　李 卉
责任校对：张 旬
技术编辑：凌春梅
封面设计：赵坤森　具伊宁

书　　名	《二十四诗品》之中国诗歌美学
	ERSHISI SHIPIN ZHI ZHONGGUO SHIGE MEIXUE
出版发行	花城出版社
	（广州市环市东路水荫路11号）
经　　销	全国新华书店
印　　刷	广州市岭美文化科技有限公司
	（广州市荔湾区花地大道南海南工商贸易区A幢）
开　　本	889毫米×1194毫米　32开
印　　张	10
字　　数	151千字
版　　次	2023年8月第1版　2023年8月第1次印刷
定　　价	78.00元

如发现印装质量问题，请直接与印刷厂联系调换。
购书热线：020-37604658　37602954
花城出版社网站：http://www.fcph.com.cn

总 序

顾作义

人不仅要有丰富的物质生活，而且要有充实的精神生活。审美活动作为一种人类的精神文化活动，一直伴随着人类的生存、生产、生活而产生、发展，且是精神生活不可缺少的重要组成部分。作为一个现代的文明人，应当具有高贵的精神、高尚的道德、高雅的情趣，而要达到这个目标，必须学会发现美、鉴别美、欣赏美、创造美。

审美素养关乎人最基本的情感能力、价值判断与人格健全，主要包含审美发现、审美表达、审美理解、审美共情、审美创造五个维度，缺失其中任何一个维度，都不算具备健全的审美素养。

进入新时代，构建中国特色的美学和美育，其意

义是深远的,这是由以下三个方面的时代发展要求所决定的:

一是美丽经济成为未来经济的发展方向。未来的经济发展将从知识经济向美丽经济的方向发展,美丽经济具有巨大的发展潜力和空间,文旅产业、健康产业、环保绿化产业、设计创意产业等都是美丽产业。人们对衣食住行等的需求是不但要实用,而且要环保、美观,具有创意。经济的高质量发展,其中一个主要的支撑就是美丽经济。

二是美好生活成为人们的向往与追求。今天,人们的需求已从温饱向高质量的发展转变,要求提高生活品位和生活质量。要追求美好的生活和创造美好的人生,既要有"柴米油盐酱醋茶"的生活,又要有"琴棋书画诗酒花"的雅趣。审美活动成为人们生活中的一项重要内容,审美创造具有了生机勃发的发展功能。

三是美妙艺术成为人们普遍的审美活动。人们对艺术作品的需求更加注重品位和质量。那些具有思想高度、艺术特色、奇思妙想的作品,为人们所渴求、所喜爱。这就要求艺术的创作者要遵循美学规律,创作一些思想性、观赏性、艺术性俱佳的作品,而艺术的观赏者则要提高对美的感知能力和审美能力。这样,审美教育也就成为提高全民素养和全民修养的重要内容。

审美教育以培养理性与感性相统一、具有健全人格的人为基本宗旨。其本质是以人文艺术为主要途径的感性教育和价值教育,是丰沛人们的情感与心灵以及创新思维的重要源泉。特别是"情"与"趣"的培养,使人更加珍惜亲情、爱情、友情、家乡情、国家情、山水情,更加富有志趣、乐趣、理趣、智趣、情趣。

审美教育也是科学的求真原则和人文的求善原则相互融合的新兴学科。既是情操教育,也是心灵教育,还是丰富想象力和培养创新意识的教育,是提升人们的审美素养、陶冶情操、温润心灵、激发创新活力的重要途径。

中国是一个充满诗情画意的国度,从来就对真、善、美有着执着的追求,而在这个诗意人生的追求过程中形成了独特的审美理想、审美心理、审美范式和审美方法。虽然美学这一概念是从西方引进的,但美学思想却非常丰富。儒、佛、道三家各自从不同的角度简述了美学精神、美学追求和美学风格,提出了中和、意象、境界、神思、比兴、妙悟等美学范畴。而在中华经典中，有大量的艺术经典作品表达了中国的美学思想，这是一个既丰富又宝贵的资源，值得深入挖掘、总结和提升。选择中华艺术经典为范本讲解中国美学，这是因为艺术本身与美学有着天然的联系，这些经典本身就是美学的精华和样式。为此，我萌生了写作"中国经典艺术美学丛书"的想法。

"中国经典艺术美学"是一门交叉学科，实际上是中国经典+艺术门类+美学，是诸多学科的融会贯通。丛书中每一本以一部中国经典为范本，在艺术的门类中运用美学理论进行论述，这就与一般的经典解读大有不同，从而形成了独特的风格。

首先，这套丛书紧扣美学和美育的宗旨。美育的主要任务是培养高雅情趣，提升人生境界和生命境界。正如蔡元培先生所说："美育者，应用美学之理论于教育，以陶养感情为目的者也。……美育者，与智育相辅而行，以图德育之完成者也。"德育是一切教育之根本，美育则是实现完美人格的桥梁。美育的主要任务是提高人的情商，通过提高审美情趣，实现提升生存意趣、生活情趣、生命质量和人生价值的目的。

其次，紧扣美学和美育的精神。中国美学精神就是美育的核心元素,是美育的"道",统率着"器、术、法"。如儒家的"中和"、道家的"质朴"、佛家的"虚空",充分体现了中国人的世界观、价值观、历史观和辩证法。《易经》是中国美学思想和精神的源头,是一部大美之书。从《易经》的美学思想看,中国美学精神是美学的核心和灵魂。这个"精神"是以"中和"为圆点,并以"真善"为内核,以"天人合一"为审美思维,以"自强不息,厚德载物"为品格,以"社会大同"为境界,以"刚柔相济"为形态,以"穷变通久,革故鼎新"为审美创造等。美育就是要以美培元、以美修身、以美养性、以美启智、以美铸魂,在自然中发现美,在文化中鉴赏美,在情感中升华美,在实践中创造美。为此,在阐述这些艺术美学时,力求贯穿美学精神。

再次,秉持"究天人之际,通古今之变,成一家之言"的学术旨趣。王国维在《人间词话》中说:"诗人对宇宙人生,须入乎其内,又须出乎其外。入乎其内,故能写之;出乎其外,故能观之。"许多经典的解读是注解式的解读,侧重于考证、辨伪。本套经典艺术美学丛书,在经典的基础上"入乎其内",主要把握其思想精华；又"出乎其外"，以"超越"的精神构建了一个新的体系，做出了新的阐述。这也是传承创新、以古鉴今、推陈出新，彰显"和而不同"的学术精神，构建新的学科体系。

基于以上考虑，这套丛书推出：《〈红楼梦〉之中国小说美学》、《〈书谱〉之中国书法美学》、《〈二十四诗品〉之中国诗歌美学》、《〈园冶〉之中国园林美学》、《〈古画品录〉之中国绘画美学》（与吴国强合著）、《〈溪山琴况〉之中国音乐美学》（陈菊芬、宋唐著）等，构建艺术美学的分支，追寻艺术到达的美学规律和方法，使人们在当下的艺术创作中得到启发。

以中国经典为范本研究艺术美学，是一个新的探索，力求抛砖引玉，吸引更多人关注经典、关注美学。由于本人学浅识薄，书中难免有不足之处，期待读者的指正。

绪论	001

第一讲	《二十四诗品》：是中国诗歌美学的经典作品......010
	一、何谓"诗歌"......011
	二、《二十四诗品》的作者及主要内容......020
	三、《二十四诗品》在中国诗歌美学上的贡献......024

第二讲	诗魂之美："精神"与"超诣"......034
	一、"精神"：澄澈清明　精神焕发......035
	二、"超诣"：空灵飞动　韵外之致......053

第三讲	诗风之美："雄浑"与"冲淡" 068
	一、"雄浑"：雄伟壮阔　气势磅礴 069
	二、"冲淡"：清和淡远　怡然自在 085

第四讲	诗骨之美："劲健"与"清奇" 102
	一、"劲健"：劲气内敛　风神俊伟 104
	二、"清奇"：思清神飞　境奇意远 118

第五讲	诗格之美："高古"与"典雅" 136
	一、"高古"：浪漫自由　警策隽永 138
	二、"典雅"：端正庄重　雅致味远 152

第六讲	诗情之美："豪放"与"悲慨" 164
	一、"豪放"：意气纵横　豪迈苍劲 170
	二、"悲慨"：悲壮慷慨　苍凉冷清 191

第七讲	诗境之美："自然"与"纤秾" 204
	一、"自然"：纯真纯美　怡适清新 209
	二、"纤秾"：窈窕纤巧　秾丽明艳 224

第八讲	诗韵之美:"含蓄"与"委曲" 238
	一、"含蓄":包容深广 言尽意远 240
	二、"委曲":婉转曲折 动人心弦 255

第九讲	诗言之美:"洗炼"与"形容" 270
	一、"洗炼":凝炼素朴 真切精纯 273
	二、"形容":形神兼备 触处成真 285

结语 298

参考书目 301

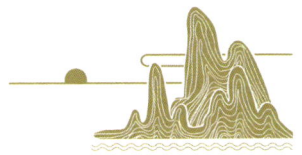

绪 论

中国是一个诗的国度,中国诗歌跨越千年、沟通古今,贯穿于华夏文明发展的历史。它以《诗经》为起点,以唐诗、宋词为艺术高峰,成为中国文学最辉煌的体裁之一。

中国诗歌是一种有思想、有感情、有意象、有节奏、有韵律的语言艺术,以丰富的精神、充沛的感情、丰富的意象、凝练的语言、严格的韵律、缜密的章法,成为中国乃至世界共同的精神文化财富,成为人们共同喜爱的文学形式,也成为人们发现美、鉴赏美、欣赏美、创造美的重要途径。

在中国古代,"诗教"是教育的基本内容之一,在《诗经》《尚书》《春秋》《礼记》《乐经》《易经》

这"六经"中,把"诗"的教育放在最重要的位置。《论语》中有不少孔子关于诗歌的功能和作用的论述。《论语·阳货》中说:"子曰:小子何莫学夫诗?诗,可以兴,可以观,可以群,可以怨。迩之事父,远之事君;多识于鸟兽草木之名。"其意是:孔子说,学子们为什么不学习诗呢?诗,可以抒发真诚的心意,使人受到启发和鼓舞;可以观察世间万物、人情风俗,考察得失;可以通过情感的交流,彼此沟通;可以抒发心中不平,讽刺不正之事。近,可以使人懂得侍奉父母;远,可以使人懂得侍奉国君。此外,还可以从中学习,认识自然界许多鸟兽草木的名称。孔子在这里指出了学诗的好处有认知、沟通、怡情、修心、齐家、治国等。

《论语·季氏篇》中有一段孔子与儿子孔鲤的有趣对话。有一次,孔子一个人站在屋堂之上,儿子孔鲤恭敬地从庭前走过。孔子叫住他问:"学诗乎?"孔鲤回答:"未也。"孔子说:"不学诗,无以言。"孔子的意思是说,不学诗,就不懂语言表达,无法与人沟通。孔鲤听后马上去学诗。孔子在《论语·泰伯篇》中说:"兴于诗,立于礼,成于乐。"这是说一个人的教育要从诗开始,经过礼的调节,用乐来完成。学诗是感发情志，学礼是学会待人接物，学乐是陶冶情趣，个体从而成为一个完整的人。在这里，孔子将诗、礼作为做人、做事、做学问的基础，作为培养健全人格和审美能力的重要内容。

中国诗歌是"真、善、美"教育的最好资源，是培养全面发展的人的生动形式，也是中国艺术经典美学中的一颗明珠。可以说"诗教"是美育的重要内容。为什么这样说呢？这是因为：

第一，中国诗歌抒发了中国人的真挚感情。"诗言志"，这个"志"指的是情志、情感。刘勰说："诗者，持也，持人情性。"（《文心雕龙·明诗》）诗，可以抒发世人之情。王国维说："古诗云：'谁能思不歌？谁能饥不食？'诗词者，物之不得其平而鸣者也。故欢愉之辞难工，愁苦之言易巧。"其意为：古诗中说，谁能心中有所思而不寄于诗歌？谁又能饥饿而不进食？所谓诗词，就是人们遇到不平之处所发出的声音。所以，欢愉的词文难以精细，而愁苦的词文比较容易精巧。这是人的性情的自由表达，正如人饥饿了需要饮食一样。王国维还说："昔人论诗词，有景语、情语之别，不知一切景语皆情语也。"王国维认为诗词均为情感的抒发。诗歌表达志向,抒发感情,是抒发情感的载体,可以言欢愉,也可以言愁苦,只是在情感因素中,欢愉大都是一样的状态,而愁苦却各有不同。正如托尔斯泰所说:"幸福的家庭是相似的,不幸的家庭各有各的不幸。"李泽厚先生也曾说:"美在深情。"人是有感情的动物,诗歌的美深藏于感情之中。

中国诗歌用凝练的语言和充满韵律的节奏,反映了人间的悲欢离合,不但滋养了情感,也滋润了心灵。人假如没有情感,也就无异于行尸走肉,无异于草木枯石。一个健全的人既是理性的,又是感性的。而情感的丰富,既是理性的,又是感性的。情感的丰富,要靠美的熏陶。中国诗歌是诗人感情勃发的产物,是自然界的物境、人世间的情境以及诗人的心境融合而创造出的意境美,也是培养高雅情趣以及怡然神韵的载体和途径。

诗歌作为一种抒发情感的文学形式,可以表达爱情、亲情、友情、乡情、山水情、家国情,使人们的情感得到升华。如秦观的"两情若是久长时,又岂在朝朝暮暮",让我们感受到了爱情的忠贞;孟郊的"慈母手中线,游子身上衣,临行密密缝,意恐迟迟归,谁言寸草心,报得三春晖",让我们感受到了绵长的亲情;王勃的"海内存知己,天涯若比邻",让我们感受到了深厚的友情;贺知章的"少小离家老大回,乡音无改鬓毛衰。儿童相见不相识,笑问客从何处来",让我们感受到了难以割舍的乡情;杜甫的"安得广厦千万间,大庇天下寒士俱欢颜",让我们看到了忧国忧民的情怀。《诗经》中的"知我者,谓我心忧;不知我者,谓我何求。悠悠苍天,此何人哉",传达出的忧思和真挚情感让不同时代的人们真切地感受到了创作者彼时的心境。中国诗歌以特有的抒情美学特征,走入了每一个国人的内心。

第二,中国诗歌让我们感悟天地之道和自然之美。《庄子·外篇·知北游》中说:"天地有大美而不言。"中国诗歌以宇宙的宽广意识和"物我为一"的意识,托物寄情、借物抒情、触景生情,让人们在自然平凡、质朴无华的自然景观中感受生意盎然的自然之美,带来了心灵的宁静。刘希夷在《代悲白头翁》中说"今年花落颜色改,明年花开复谁在""年年岁岁花相似,岁岁年年人不同",感叹了人生的有限和时间的无限,体现了强烈的生命意识。又如张若虚的《春江花月夜》,不但描绘了自然之美,也揭示了深沉辽阔的宇宙意识，诗云："人生代代无穷已，江月年年望相似。不知江月待何人，但见长江送流水。"这首诗以"月"为中心意象，以月生、月升、月斜、月落为线索，描绘了春江花月夜的纯净、灵动之美，描写了月光下的爱情，展开了对宇宙的思考。闻一多先生点评这首诗："有的是强烈的宇宙意识，被宇宙意识升华过的纯洁的爱情，又由爱情辐射出来的同情心。这是诗中的诗，顶峰上的顶峰。"

第三，中国诗词升华了人们的生命价值和人生境界。中国诗词具有很浓厚的生命意识，充满生命之韵，有对人生的热爱，有对生命的讴歌，有对生离死别的悲伤，有对豪情壮志的抒发，有对淡泊超逸的景仰。如李白的"君不见，黄河之水天上来，奔流到海不复回。君不见，高堂明镜悲白发，朝如青丝暮成雪""弃我去者，昨日之日不可留；乱我心者，今日之日多烦忧""兰陵美酒郁金香，玉碗盛来琥珀光；但使主人能醉客，不知何处是他乡。"希望人们能够超越时光，超越边塞，超越江山，超越美景，突破功名利禄的羁绊，追求潇洒、俊逸、自由的人生价值。

王国维在《人间词话》中，引导我们去领略人生的三层境界：

第一层境界是："昨夜西风凋碧树。独上高楼，望尽天涯路。"（晏殊《蝶恋花·槛菊愁烟兰泣露》）

这个境界以西风刮得绿树落叶凋谢，表示所处的环境相当恶劣，而只有独自登上高楼，居高临下，才能高瞻远瞩，看到远方，看到别人看不到的地方。而要做到这一点，必须经过磨难，孤独前行，排除干扰，不改初衷，不为暂时的迷雾所困惑。这就是要坚持正确的方向，要有远大的目标和宽阔的胸怀，不懈奋进。只有经历过严酷的环境的考验，才能取得成功。在这一境界，是立志、求索、前行。

第二层境界是："衣带渐宽终不悔，为伊消得人憔悴。"（柳永《蝶恋花·伫倚危楼风细细》）

这一境界概括了锲而不舍的坚毅性格以及执着的态度和艰苦的奋斗。人瘦了、憔悴了，但仍"终不悔"。就是说尽管遇到各式各样的困难，但不言败、不退缩、不后悔，屡败屡战，坚忍不拔，为实现奋斗的目标勇往直前。这是执着的追求，是忘我的奋斗。

第三层境界是："众里寻他千百度，蓦然回首，那人却在灯火阑珊处。"（辛弃疾《青玉案·元夕》）

这一境界是指经过多次周折、多次磨炼之后，逐渐成熟起来，别人看不到的东西他能明察秋毫，别人不理解的事物他也能领悟贯通。这时他在事业上就会有创造，就能做出独特的贡献，享受到成功的喜悦。这是一种厚积薄发，是一种顿悟，是一种超越，怀有一种欣赏的心情。

中国诗歌历经数千载，积淀下的时代精神、艺术风格和审美情趣，将中国人之思想、情感、观念、意蕴凝练于字里行间。直至今日，我们一唱三叹，犹能沉浸于诗词的至情至真之中，陶醉于美的享受之中，尽享绵延五千年的中华优秀传统文化之美。

诗歌运用生动可感的、富有独创性的形象和语言，从反映现实社会开始，进入对人心的体验和感情的升华，再上升到对社会发展进步、对人生、对生命、对宇宙的深思，给人们深刻的哲学思辨和审美享受。

德国浪漫主义诗人荷尔德林在《人，诗意地栖居》一文中认为，诗意栖居于大地是人类共同的向往。诗意的栖居，是在衣食无忧、安居乐业的基础上的优雅生活，是审美情趣的提升，是精神的独立与自由，是对人生价值和生命本质的了悟。换言之，就是追求"诗与远方"。可惜当今社会，人们的生活节奏飞快，名利色欲迷人双眼，人们每天步履匆匆，忙忙碌碌，身心疲累，心情浮躁，自在、自得、从容、淡定、快乐成为许多人的奢望。在这样的环境下，读诗、品诗、写诗不失为一剂令心灵宁静的良方，是我们获得美的享受的途径。正是基于提高人们的诗歌审美能力的初衷，我选择以对中国诗歌评论有较大影响的经典——《二十四诗品》为范本，写成本册《〈二十四诗品〉之中国诗歌美学》。

第一讲

《二十四诗品》是中国诗歌美学的经典作品

第一讲 《二十四诗品》：是中国诗歌美学的经典作品

中国古代诗歌美学和理论专著，比较有影响的有钟嵘的《诗品》、司空图的《二十四诗品》、王国维的《人间词话》。相比较而言，《二十四诗品》更为集中地阐述了诗歌美学的核心和思想，同时也构建了一个相对系统的内容和结构体系，反映了中国古代诗歌的审美趋向，其理论蕴含更为高远。它紧紧围绕"诗心"，讲心灵境界的培养、生命体悟的超越；它具有深邃的哲学思维，赋予了诗歌灵动性和思辨性；它用诗的语言、玲珑的意象，形象地概括了诗歌的特点、风格；它不仅是诗歌的创作说、风格说、鉴赏说，也是一部诗歌美学著作。

一、何谓"诗歌"

历史上有一个"五步成诗"的典故。史青是唐代开元年间的一名书生，相传他对曹植"七步成诗"的事不以为然，并上书唐玄宗，说曹植走七步才吟成一诗，太慢了，我只须走五步就行了。唐玄宗感到很惊讶，就召见了他，以"除夕"为题面试。史青果真厉害，出口成"诗"，应声便作了一首五律：

今岁今宵尽，
明年明日催。
寒随一夜去，
春逐五更来。
气色空中改，
容颜暗里回。
风光人不觉，
已著后园梅。

历来人们总把梅花与春天的到来联系在一起，该诗以春天的风光"切入"，以梅花作结，说人们没有感觉到春光的到来，春天却已催开了后园的梅花，写得俊逸清淡，质朴情真，颇有新意。唐玄宗见史青果然诗才过人，便给他封了官，在诗史上留下了一段佳话。

梅茶山鹊图　〔明〕朱竺

诗，形声字。篆文 🖼，从言，从寺。隶变后楷书写作"詩"，如今简化为"诗"。《说文·言部》："诗，志也。"意思是说，诗，是一种用言语表达心声的文学体裁。"诗"的本义是一种文学体裁，通过精练且有节奏、富于韵律的语言来反映社会生活、抒发个人情感。

歌，形声字。篆文 🖼，从欠，哥声。"哥"由二"可"组成，"可"为快乐，有舒心惬意之意。《说文·欠部》："歌，咏也。"本义为歌唱。咏歌，是按一定的乐曲或节拍的咏唱。"歌"最早是指人们在生产劳动中为解除疲劳，或协调动作，或鼓足干劲而引吭高唱，后来发展成为抒发愉快心情的咏唱。将好心情与他人分享，言不足，则咏歌之。"歌"是人巧于运气的咏唱方法，"歌"从"欠"，甲骨文"欠"像人张口呼气之形。人在歌咏时讲究运气，气之舒紧缓急不同、高低起伏不同，则体现了歌者的不同心情、心境和意境，产生了不同的艺术感染力，古代的诗歌很适宜用于演唱和表演。

目前可见最早的"诗"字，出现在战国的竹简之中。但诗所含的意义却出现于在此之前。只不过在诗歌产生之初，诗、乐、舞是三位一体的，被孔子称为尽善尽美的《韶》乐就是这样的。当时表演的时候，有人唱歌词，有人奏钟磬琴瑟等乐器，有人则化装成鸟兽的样子翩翩起舞，这种情况一直持续到春秋时期。比如《诗经》中的篇章都是乐歌，它分为风、雅、颂三类，风是国风，是民间的乐调；雅即正乐，是宫廷的乐调；颂则是宗庙祭祀之乐。差不多在春秋以后，诗歌就从乐舞中逐步分化、独立出来了。

那么，什么是"诗歌"呢？

诗歌是语言的艺术。诗，从言，所言是什么呢？《尚书·尧典》："诗言志，歌永言。"诗乃文学之祖，艺术之根。"诗者，感其况而述其心，发乎情而施乎艺也。"诗是一种阐述心灵的文学体裁，司马光说："言之美者为文，文之美者为诗"。陆机则认为："诗缘情而绮靡。"在古代，不和乐的称为诗，和乐的称为歌。广义的诗，是自然美、艺术美和人生美的代名词，是人类观照世界的一种方式，是人的灵魂超越现实后的栖息方式。可以说一切艺术都是诗：音乐是在时间坐标上流动的诗，绘画、雕塑是二维或三维空间里具象的诗，建筑是对空间进行格式化的诗，舞蹈是人的形体语言在时间上和空间中一同展开的诗,散文、小说是无韵的诗。

"诗言志"在不同时代有不同的说法。孔子时代的"志"主要是指政治抱负,而庄子"诗以道志"的"志"则是指一般意义上人的思想、意愿和感情。《离骚》中说"屈心而抑志",这个"志"的内容虽仍然以屈原的政治理想抱负为主,但显然也包括了因政治理想抱负不能实现而产生的愤激之情以及对谗佞小人的痛恨之情。到汉代,人们对"诗言志"的认识趋于明确,即"诗是抒发人的思想感情的,是人的心灵世界的呈现"。《毛诗序》说:"诗者,志之所之也,在心为志,发言为诗,情动于中而形于言。"情志并提,两相联系,比较中肯而客观。

古往今来的诗人都用诗来抒发情感、表达志向。现在我们读的那些古诗,无论是"床前明月光",还是"鸟鸣山更幽",抑或是"花落知多少",这一轮明月,这一声鸟啼,这一瓣花落,都是诗人们所见、所闻,并且在内心产生的感动,是与精神、与心灵相通的。而"死生契阔,与子成说。执子之手,与子偕老"的誓言,"采菊东篱下,悠然见南山"的闲适,"仰天大笑出门去，我辈岂是蓬蒿人"的豪气，如此种种，都是诗人们情感的披露和追求的表现。我们通过这些诗篇所感受到的，正是他们美好的品格、崇高的理想、坚强的意志，还有他们的情感和修养。

可以说，中国的诗人总是用他们的思想情感、意志品格乃至胸襟抱负去书写诗篇，甚至不止如此，还用了他们的整个生命、整个生活去书写和实践。在生活中看到美好，遭遇失意，感到迷茫，获得振奋，他们都会一一用笔墨书写，成为诗篇。

山水集绘册（局部） 云峰古寺 〔清〕王时敏

第一讲 《二十四诗品》：是中国诗歌美学的经典作品

诗歌是充满禅意的文字。诗，从言，从寺。"寺"本是古代官署的名称，后来用以表示修禅者的住所。《论语·为政篇》中说："诗三百，一言以蔽之，思无邪。"意思是说：《诗经》三百多篇，其精髓可以用一句话来概括，那就是使人思想纯正，没有邪念。这就是说诗是用于净化人的心灵的。诗历来与寺庙关系密切，特别在唐代，诗人用诗描绘佛教寺院的多彩世界。诗人与禅僧交往是一种很时髦的事，像唐代的王维、韦应物、刘禹锡、颜真卿、权德舆，宋代的苏轼、黄庭坚等人，都与禅僧过从甚密，他们都是禅的爱好者，有的甚至是忠实信奉者，所写的诗包含着浓厚的禅味。杜甫是"一饭未尝忘君恩"的典型儒家诗人，但他也说过"余亦师粲可，身犹缚禅寂"。韩愈是个排佛很激烈的人，但他后来也和禅僧交往起来，可见禅宗对当时诗人的吸引力。再从禅僧方面来看，由于禅宗扫除了种种戒律和坐禅仪式，他们也就有充裕的时间去与公卿文士交往，诗歌唱和。唐代的灵一、清江、皎然、灵澈，五代的贯休、齐己，宋代的惠崇、参寥、慧洪觉范等都是著名的诗僧。

此外，在禅家内部参禅悟法的功课中，诗歌也是很重要的工具，祖师开示机缘，门徒表达悟境，往往离不开诗。许多禅诗充满人生智慧，如"手把青秧插满田，低头便见水中天。六根清净方成插，退步原来是向前"，这首诗讲的是辩证法，有时看起来似乎是退，实则为进。又如憨山大师的《醒世歌》："红尘白浪两茫茫，忍辱柔和是妙方。到处随缘延岁月，终身安分度时光。……休得争强来斗胜，百年浑是戏文场。顷刻一声锣鼓歇，不知何处是家乡。"

诗歌是遵守格律的语言。诗，形声字，从言，寺声。"诗"中有"寸"，而"寸"是一种尺度，故诗形有格律，诗音有韵律。这就是说，诗是一种遵守一定章法和规矩、有固定格式的语言。诗有四言诗、五言诗、七言诗、杂言诗等。四言诗是古代产生最早的一种诗体，《诗经》以四言诗为基本体裁。春秋以后，四言诗逐渐衰落，但仍有不少诗人写作，三国时的曹操即是大家，其《龟虽寿》"老骥伏枥，志在千里。烈士暮年，壮心不已"等句至今吟诵不绝。汉代以后，五言诗日趋成熟，成为古典诗歌的主要形式之一。五言诗扩展了诗歌的容量，能够更灵活细致地抒情和叙事。在音节上，奇偶相配，也更富于音乐美。《古诗十九首》是五言诗的典范，被誉为"五言之冠冕"。有描写爱情的，如"迢迢牵牛星，皎皎河汉女……盈盈一水间，脉脉不得语"；有感叹人生的，如"生年不满百，常怀千岁忧。昼短苦夜长，何不秉烛游"。七言诗包括七言古诗（简称"七古"）、七言律诗（简称"七律"）和七言绝句（简称"七绝"），在唐代进入全盛期，现存最早的文人七言诗为曹丕的《燕歌行》。在清人蘅塘退士所编的《唐诗三百首》中，七言诗占了大半，所录最后一首《金缕衣》，"劝君莫惜金缕衣，劝君惜取少年时。花开堪折直须折，莫待无花空折枝"，据说是中唐时的一首流行歌词，可见唐代诗风之盛。杂言诗，顾名思义，因诗中句子字数长短间杂而得名，最短仅有一字，长句有达十字以上者，以三、四、五、七字相间者为多。凡是以情致或气势胜的诗人，对于杂言诗都有极大的偏爱，例如李白的《将进酒》："君不见，黄河之水天上来，奔流到海不复回……五花马，千金裘，呼儿将出换美酒，与尔同销万古愁。"气势何等磅礴！

　　人生如诗。壮阔的人生如史诗，旷达的人生如自由诗，严谨的人生如格律诗，曲折的人生如抒情诗……我们无悔地走完人生，便是写下了独一无二的精彩诗篇。

二、《二十四诗品》的作者及主要内容

《二十四诗品》的作者是谁,学界有不同看法,迄今仍无定论,但大多数学者认定为司空图。《旧唐书·卷一百九十·下》对司空图的生平有一个记载,他的人生经历可以用如下几句话来概括:

一是少有俊才,青年得志。司空图(837—907),自号知非子,又号耐辱居士,祖籍临淮(今安徽凤阳东南),出身于中等官吏之家,其曾祖父、祖父和父亲均为官吏。

司空图在唐懿宗咸通十年(869)考中进士,主考官王凝尤其器重他的奇才,后来他又为宰相卢携所赏识。卢携曾探访他的住宅,亲手在壁上题写了一首赞扬他的诗:"姓氏司空贵,官班御史卑。老夫如且在,不用叹屯奇。"意思是说,司空图此人贵气,官作御史可惜卑下了,老夫我如在位,一定重用他。卢携有爱才之心,处处赞赏他、提携他。司空图也一展平生之志,施展自己的才华,先后担任了光禄寺主簿、礼部员外郎、中书舍人等职。在这个时期,司空图幸运地遇见了

贵人，但其志不在文墨之艺，而欲揣机穷变，济世安民，为唐王朝效犬马之劳，可惜的是到了中年依然未能如愿。

二是中年漂泊，生活动荡。唐僖宗广明元年（880），黄巢起义军攻入长安。皇帝离京奔逃，时局处于大动荡的时代，司空图在河中、汉中、长安等地颠沛流离，过着动荡不安的生活。这个不幸的时代给他带来了艰难的人生。

三是隐逸晚年，著书立说。唐昭宗继位以后，曾数次召司空图入朝为官。司空图看到朝廷政事衰微，纪纲败坏，认为纵有治国之才，也难有用武之地，他以"达则兼济天下，穷则独善其身"为处世态度，决定辞官退隐，潜心研究诗学。他自称："侬家自有麒麟阁，第一功名只赏诗。"他幽居在中条山的王官谷，这里有清泉白石、树林亭榭，从此，他高卧云泉，整日与名僧、高士优游吟咏。他还在此修建了一个私家园林，其中有一著名的亭子叫"休休亭"。他在"亭记"中说："休，美也。既休而美具。估量才，一宜休也；揣其分，二宜休也；耄而聩，三宜休也。而又少而坠，长而率，老而迂，是三者皆非济时之用，则又宜休也。"他自认为少年时懒散，成人后粗率，年老又迂腐，这三个缺点都不能作为济世之人，故应该辞官休息。他晚年旷达、淡泊，过着"一局棋，一炉药，天意时情可料度。白日偏催快活人，黄金难买堪骑鹤"的生活。晚年隐退，后闻唐哀帝被害，绝食殉唐而亡。司空图享年七十二岁，有文集三十卷。

司空图"遇则以身行道，穷则见志于言"，治世则出，乱世则隐，国亡则殉，被称为"晚唐完人"。他的一生由儒入道，从"入世"、奋斗，到伤感、悲观，转向"出世"任其自然，置身物外，以淡泊怡静的心境潜心著述，他的诗歌创作思想和审美情趣渗透着佛道思想。苏轼评价说："唐末司空图崎岖兵乱之间，而诗文高雅，犹有承平之遗风。""司空表圣自论其诗，以为得味外之味。'绿树连村暗，黄花入麦稀'，此句最善。"

《二十四诗品》这个书名，首先是借鉴了天地的运行法则，以二十四为象数思维立纲。天地之间一年有二十四节气，每节气既有不同的意象，又循环往复，生生不息。而"品"，则是分别次第，各加品评。故而，"诗品"之品，有品类、品第、品评、品味之意。

《二十四诗品》是一部诗歌艺术的专著,也是一部艺术哲学的论作,更是一部中国古代诗歌美学和诗歌理论专著,历来被当作与《文心雕龙》相媲美的古代文论经典作品。它继承了道家、儒家、佛家的美学思想,以道家哲学为主要思想,以中和、自然、淡远为审美基础,论述了二十四种诗歌艺术风格和美学意境。

在《二十四诗品》中,司空图将诗的风格细分为二十四品,用生动的具象来显示各品之美,即雄浑、冲淡、纤秾、沉着、高古、典雅、洗练、劲健、绮丽、自然、含蓄、豪放、精神、缜密、疏野、清奇、委曲、实境、悲慨、形容、超诣、飘逸、旷达、流动。每种都以十二句四言诗加以说明,形式整齐。

《二十四诗品》妙语连珠,朗朗上口,是一组美丽的写景、写意、写情的四言诗,用种种形象来比拟不同的诗歌风格,颇得神貌,这就使它既为当时的诗坛所重视,也对后世产生了极大影响,成为中国文学批评史上的经典名著。

三、《二十四诗品》在中国诗歌美学上的贡献

《二十四诗品》文字氤氲，旨意深远，是一部古今众说纷纭的著作。有人将它视为诗歌风格学，有人把它视为诗歌创作说，我以为这两说并未能尽享作者的心源。我认为这是一部诗歌美学的专著，只不过是他用丰富的想象、诗意的语言和深刻的哲思去表达，而使人未能认识其本质和全貌。下面，对《二十四诗品》在诗歌美学上的学术贡献做一些分析。

（一）"天人同构"：以宇宙之大道作为审美境界

司空图对于诗歌的感悟植根于对宇宙本体的体验、感知之上，用广大的宇宙意识去构建他的诗学体系和审美范式。

《二十四诗品》在诗歌美学中以"道"作为其理论基础。这一思想来源于《易经》和《道德经》。《易经》认为"一阴一阳之谓道"。《易传·说卦传》中说："昔者，圣人之作易也，将以顺性命之理，是以立天之道，曰阴与阳；立地之道，曰柔与刚；立人之道，

曰仁与义。兼三才而两之,故《易》六画而成卦。"天地人统合为一,并产生阴阳、刚柔与仁义的相应关系,这是从宇宙天地的本体推而及于人生的常规正道,奠定了诗歌美学的基础。《道德经》说:"人法地,地法天,天法道,道法自然。"自然之道主宰生生不息的宇宙,为此,司空图用先天地而生、超空绝象的"真体""玄宗""真宰""大道"作为宇宙万物的本原,也作为艺术之美的本体。大道与人性是相契合的,《二十四诗品》多次论及,如"实境":"遇之自天,泠然希音。""自然":"薄言情悟,悠悠天钧。""形容":"俱似大道,妙契同尘。"他认为宏观世界是诗的源泉,是人与物相互感应的产物。司空图认为诗心当与宇宙共鸣,成为宇宙伟大和声中的音符,他在诗歌美学中寻求诗与宇宙的同构,从而展现出美的形态。基于此,他将诗歌之美分为两大类型,即阳刚之美和阴柔之美。正如《易经》中的乾卦刚健有为、坤卦承载万物一样,各自彰显了其美的特征。阳刚之美如"骏马西风塞北",阴柔之美如"杏花春雨江南"。阳刚之美是崇高、壮美,阴柔之美是优雅、秀丽。南宋诗论家严羽在《沧浪诗话》中云:

上塞锦林图 〔清〕关槐

诗之品有九：曰高、曰古、曰深、曰远、曰长、曰雄浑、曰飘逸、曰悲壮、曰凄婉。

其大概有二：曰优游不迫、曰沉着痛快。

严羽把诗歌归纳为两大类：一类是阳刚之美的"沉着痛快"，一类是阴柔之美的"优游不迫"。

《二十四诗品》讲阳刚之美，主要有"雄浑""劲健""豪放"之品。

"雄浑"之品揭示了美学的主要特征：空间的辽阔，力量的强大和视觉的丰盈。

"劲健"之品揭示了美学的主要特征：力量气势的积蓄、充盈，健行不息，畅行天际，展现了力量与气势的壮阔。这是气与力的颂歌。

"豪放"之品揭示了美学的主要特征：旷达的胸怀，自信的心态，向上的力量，由于真力弥满而创造出瑰丽奇妙的万象。

《二十四诗品》讲阴柔之美，主要有"冲淡""纤秾""绮丽""典雅""清奇"。

"冲淡"是一种至柔至美的艺术风格，其特征是和柔明朗，飘逸灵动，把大自然的淡和之美与人格的淡泊之美融为一体。

"纤秾""绮丽"的美学特征是精致细小，景象华丽，色彩明艳。"纤秾"更强调浓鲜美盛、氛围浓郁；"绮丽"则更注意浓淡相宜，氛围浓淡互补。

"典雅"的美学特征是咏史言志，借事抒发，古香时艳，韵味清幽。

"清奇"的美学特征是清境幽趣，构思精巧，意境高妙，独树一帜，不落俗套。

《二十四诗品》的这两类美构成中国古代壮美论和

秀美论思想体系的诗性表达。

（二）"象外之象"：以超越、融合作为审美思维

《二十四诗品》既是诗论，又对诗的美学思想做了诗意的表达。司空图说："此身闲得易为家，业是吟诗与看花。"他置身于大自然中去体验诗之美，但他又追求诗意与哲理的统一，他提出了诗意要有"味外之旨""象外之象"，他用一种哲学的辩证思维去审美，强调了要超越时空、超越现象、超越经验世界去体悟美，要"超以象外，得其环中"（雄浑）、"超超神明，返返冥无"（流动），这就是"阴阳合德"之美。这是阳刚之美与阴柔之美的有机融合，这方面体现在"飘逸""沉着""旷达""悲慨"这四品之中。而超越的精神，则突出体现在"超诣""高古""洗炼"三品中，并贯穿于整部诗品。

"飘逸"的美学特征是逸然上举，飘然远引，有机地融合了阴柔之美和阳刚之美。

"沉着"的美学特征表现为忠贞不渝的感情、往复回旋的思念，柔情之中隐含着内在的力度，同样兼容秀美与壮美的因素。

"旷达"的美学特征主要是指人的一种生命意识、

人生态度和胸襟格调，人在面对人生诸多困境时，以旷放通达的胸襟态度超越之，转而进入一种审美化的人生。

"悲慨"的美学特征所展示的是一部人生与社会的困境和苦难二重奏，是一个典型的悲剧式冲突，是一个显示着悲痛感慨的风格，是一个近乎"悲剧"的美学范畴。

"超诣""高古""洗炼"三品展示了违俗向道、内在超越的意识。

《二十四诗品》的超越意识在于违俗向道。违俗，拒斥、化解低级的俗气，向着那人生更高的精神世界升华，这种超越精神在《二十四诗品》中随处可见，又集中体现为对淡、雅、高、古的向往和对"放"之精神的弘扬。其中，"淡""素"几乎成了《二十四诗品》中多数品目的底色；"典雅"是《二十四诗品》中一种积极的人生和审美趣向；"高古"标示了人生向上的精神高度，是对远古往圣的企慕。"旷达"是生命与心灵的自由开放。在这四个超越向度中，四者又互相融合，共同彰显着《二十四诗品》的超越精神。《二十四诗品》违俗向道的总体倾向，既显示出中国文化内在超越的鲜明体质，也彰显出中国文化注重美善统一的审美品质。违俗向道，超越向美，全力呈现、倡扬了高洁自由的人格精神，体现了《二十四诗品》突出的整体美学特质和文化特质。

（三）"诗风循时"：用时序的变化阐述审美意境

《二十四诗品》从表面上看是错举而无次的，其实，它是共时性和历时性的交织，通过时序的发展变化来表现物境、情境和心境，以意境发展和时序的对应发挥其美学思想。

首先，从《二十四诗品》的结构看，它是从"雄

春山闲眺卷 〔元〕赵孟頫

浑"起始,说明诗歌世界犹如自然宇宙一样,以阳刚之气为引领,以乾坤为空间,以天地为开端,以阴阳两气的交合、变化而呈现丰富多彩的形态,然后经历"冲淡""纤秾"等环节,最后以"流动"终结,又向"雄浑"回返,循环反复,生生不息。这个结构是以时间意识为轴线的,类似于《易经》的结构,从"乾"卦起始,以"未济"结尾,首尾相应。《二十四诗品》也是如此,"雄浑"是"旷观天地之宽",其以"具备万物,横绝太空。荒荒油云,寥寥长风",表达本体的空间广大的无限性;而"流动"则是"达识古今之变",其以"荒荒坤轴,悠悠天枢。……来往千载,是之谓乎",表达本体的时间贯通的无限性。《庄子·外篇·知北游》曰:"六合为巨,未离其内;秋毫为小,待之成体……阴阳四时,运行各得其序。"司空图的美学意境正是建立在时间意识和空间意识融为一体的理念之上的。

其次,司空图用时序的绕转描绘了绚丽多彩的物景。"冲淡"用"犹之惠风,荏苒在衣","纤秾"以"采采流水,蓬蓬远春","含蓄"用"如渌满酒,花时返秋","缜密"用"水流花开,清露未晞","实境"用"清涧之曲,碧松之阴","悲慨"用"大风卷水,林木为摧","旷达"用"花覆茅檐,疏雨相过",基本上借时序的流转而产生物景的变化以表达诗歌的意境。中国诗歌的审美心理是追求春天般的温柔敦厚、秋天般的忧伤悲戚,排斥夏天酷暑般的淫乐,渲染冬天严寒般的悲哀和伤感。即使是死亡,也是"旷达"所表达的那种"倒酒既尽,杖藜行歌"的悠然从容。

再次,司空图用时序流转变化的物境去揭示诗意、诗情和诗境。董仲舒在《春秋繁露·卷十一》中说:"人生有喜怒哀乐之答,春秋冬夏之类也。喜,春之答也;怒,秋之答也;乐,夏之答也;哀,冬之答也。天之副在乎人,人之情性有由天者矣。"俗话说:"触景生情。"又说:"景由心生。"情与景、景与心都是密切相连的。司空图以诗人的视觉去推崇"味外之旨"时,用阴阳之变、四时之数去体验、获知审美意境的发生、发展。如在"雄浑"中的"真体内充""积健为雄",表达了精神崇高和浩然正气;在"冲淡"中的"饮之太和",表达出诗心之全然受动,舍弃自我,融身于大化;在"洗炼"中用"超心炼冶",表达了诗心对自然之美的主观执着;等等。《二十四诗品》既记录人对自然变化的情感反应,又是美的历程;既是自然发展变化的抽象表达,又负载着天地之道的诗心象征,是充满人文精神、情意、风格的史诗。

《二十四诗品》用形象来表达诗美,很玄妙、很深奥,需要有较高的感悟能力去体味、想象和顿悟,这是一部充满灵性之美的著作。

《二十四诗品》作为诗歌美学,以广阔的宇宙为经,以川流不息的时间为纬,以超越、融合的精神为主旨,以简洁、形象、诗意、精美的文字来表达,是诗歌美学理论的一个创举,是激活当今时代诗与远方、人生前行和生命丰盈的正能量。因此,我们在品读时,可以将它当作一本诗歌的书、哲学的书,更要将它当作一部诗歌美学之书!

第二讲 诗魂之美

「精神」与「超诣」

第二讲 诗魂之美:"精神"与"超诣"

中国诗歌从表面上看,用比、兴、赋的手法,吟诵江河大海、日月星辰、风花雪月、鸟语花香,其实质表达的是诗人的情感、哲思,呈现的是诗人的人生态度,反映的是诗人的生命境界,这就是"诗魂",也即"诗心"。一首诗是否有生命力,是否拥有强大的能量,关键在于它是否有思想力,即有"诗魂"。司空图在《二十四诗品》中用"精神"与"超诣"两个"品",阐述了诗魂的内涵,这就是心灵境界的培养、生命体悟的提升以及在思维方式上超越了客观与主观的界限。下面,以"精神"与"超诣"两品为例,分析"诗魂之美"。

一、"精神":澄澈清明 精神焕发

"精神"品在《二十四诗品》中为第十三篇,处于承前启后的位置,从美学的角度看,是诗人作诗和读者品诗必须首先要思考的问题,故将它放在第一个来讲。

诗作是否有神、入神、传神,是评价诗歌优劣的首要标准。

严羽在《沧浪诗话》中说:"诗之极致有一,曰入

神。诗而入神,至矣,尽矣,蔑以加矣!"严羽在这里讲诗歌极致的唯一标准是"入神"。

清代诗人袁枚在《随园诗话》中说:"音律风趣,能动人心目者,即为佳诗。""其言动心,其色夺目,其味适口,其音悦耳,便是佳诗。"好的诗作是让人赏心悦目的,是温润人的心灵的,是可以带给人们精神享受的。

王国维在《人间词话》中说:"词人者,不失其赤子之心者也。"王国维认为,词人要有一颗赤子之心;赤子之心是心灵之美,是指一个人的初心、本心,是真诚之心,也是充满自由灵性之心,是不为利欲和环境所干扰、保持性情和感情之真,这样才赋予了诗歌以魂魄、情感、智慧和神妙。

(一)"精神"释名

"精",形声字,从米,青声。"米"是谷物和其他植物籽实去壳后的部分,可食用,泛指五谷,是人类生存必不可少的粮食;"青"为青色。"米""青"为"精",稻米白中泛青色,为精良之米。"精"的本义指挑选过的上等好米。《说文·米部》:"精,择也。""精"是在众多事物中择优之结果。人生的春天是青春韶华，是生命力最旺盛的时期。春天、青春处在节候和生命的上升时期，象征着朝气蓬勃、神采奕奕，所以"精"还可引申为精神、精气、精力等。"精"又表示物质中最纯粹、最美好的部分，引申为完美、优秀，如精华、精粹、精美、精彩等。

神，会意字，从示、申。"申""电""神"本是同一个字，后分化。"申"甲骨文为 ，像神秘的霹雳或不同方向开裂的闪电。古人认为打雷闪电是至高无上的天神在发怒。"神"金文为 。由 加 组成。 即"示"，祭祀； 即"申"，意指闪电，表示祭拜发出闪电的天公。《说文·示部》："天神引出万物者也。"神，天神，引出万物的存在。神的本义指传说中的天神。传说中的天神，即天地万物的创造者或主宰者。古人认为道德能力高的人死后有精灵，故引申指精灵，如"圣人之精气谓之神，贤知之精气谓之鬼"。人们认为"神"的力量是超乎自然的，是世间稀有的，故"神"也指技艺高超，令人惊奇，如"神机妙算""神力""神奇""神医""神速"。由于人的面部神情可以显示其内在之神的状况，所以"神"也指人的神志、神采、心情以及精神状况。如"心旷神怡"形容心胸旷达，精神愉快；"神清气爽"形容人神志清爽，心情舒畅；"全神贯注"形容一心注意；"神采焕发"形容精神焕发，风采动人；"神不守舍"指人的精神分散或心神不安。

"精神"是人的生命的动能。"精"字从"米"，"米"通常指人的日常饮食中的五谷杂粮，人们食取五谷中的精华，通过消化器官的加工分解，使之成为滋养人生命的物质基础。《黄帝内经》中有"精生于谷""精不足者，补之以味"等说法。五谷之味是补精的正味，最能滋养体内精气。中医学认为，人始成，先生精。精者，身之本也。"精"是一切生命活动的主宰，是生命存在的根本。传统文化认为，天有三宝：日、月、星；地有三宝：水、风、火；人有三宝：精、气、神。精充、气足、神全是健康长寿的根本。从人的生理机能来看，"精"产生"神"，精竭则无神。人含气而生，精尽而死。"精"是生命的物质精华，包括精、血、津、液。精满气足，气足则神定。相反，精不满则气不足，气不足则神不定。精、气、神三者是有机的统一体，保精、养气、安神是中医的养生之本。只有修精固本，才能清心益智，心安神怡。

第二讲 诗魂之美:"精神"与"超诣"

"精神"是人的身心的主宰。在人体中,肾为藏精之器,是命火之源。精气足,命火旺,才能使心神机灵。心火盛,外部表现即精神。有些人心神不安,其实是心肾不交。一真化元,静而生精,动而显神,从养生的角度上看,养神先要养肾。形与神是人的一体两面,相互依存,形是神的基础,形存神存,形谢神灭。而神是形的主宰,天地万物有神灵,人身亦有神,这个"神"是人的精神、意识,包括神、魂、意、志以及思、智等。在中医的观念中,"精"是人生命能量的最高级形式,用以化气养神,人的精气有限,精竭人枯。而"神"来自于受孕时父母的"两精相搏",是统领生命的魂灵,若不加以修持,就会在后天耗尽。为此,道家提倡"炼气还精""保精养神"。古人认为心是思维的器官,所以形与神的关系也是物与心的关系。因此,健康的人生既要养形,也要养神。

"精神"是一种出神入化的艺术。"神"所从之"申",亦有伸、引之义。《广韵》曰:"申,伸也,重也。"在古文字中,"申"亦像两手交叉的情状,或写作一上一下两手相互牵引的样子。"申"字是"田"字的上下贯通,可以理解为贯通天地。由此可见,此字亦有交互、沟通之义,体现了先民对天、地、人"三才"的思考。"神"的力量是打通"三才"的,《易传·系辞传下》曰"有天道焉,有人道焉,有地道焉",指出了天、地、人三位一体的世界观。《易经·系辞传上》又说:"化而裁之存乎变,推而行之存乎通,神而明之存乎其人。"神不但是天地人的沟通,而且也是化导、变化、会通,是大化自然、中得心源。

东汉许慎曾引用董仲舒的观点说:"三者,天、地、人也,而参通之者,王也。"由此可见,人类渴望"通神",强调了人之于天地之间的特殊能力。如神医华佗有炉火纯青的医学技艺,能够见病知源,"不治已病治未病"。又如诸葛亮,堪称神机妙算,能够摆"八卦阵"、设坛"借"东风……这些历史人物经过历代各种文学作品的加工渲染,拥有了超乎自然的、世间稀有的美学体质,以技艺高超、出神入化为人所惊叹。

"精神"是对于精神气质的审美。形与神是人的一体两面,相互依存,"神"包括人的精神、意识、心智等,"有神",即表现出了人的一种积极向上的精神面貌。如"君子不忧不惧""饭疏食,饮水,曲肱而枕之,乐亦在其中矣"等,这些精神面貌都表达出了中国人的生命高度。当代美学家李泽厚先生曾指出,传统中国人所追求的"神"是一种刚健乐观的精神气质,它体现的是知与行的统一、体与用不二、情与理交融、灵与肉融合的审美境界。唐代韦应物诗云:"神欢体自轻,意欲凌风翔。"一个人精神欢爽时,通体轻快有若飞的感觉。人的快乐是神形一体的,神气相融的。

(二)"精神"析义

【原文】

　　欲返不尽,相期与来。明漪绝底,奇花初胎。
　　青春鹦鹉,杨柳楼台。碧山人来,清酒深杯。
　　生气远出,不着死灰。妙造自然,伊谁与裁?

【译文】

　　精神的源头,非由外作,返归真性,精神方能相期而来。勃发的精神有如水波潋滟,清澈见底,如奇花异卉,含苞蓓蕾。

　　众鸟如梭,翻飞于芳春的碧空;杨柳吐蕊,依依于清华楼台。碧山高卧,时有看来;玉壶冰心,酒清、情深。

　　勃勃生机,盈盈然的生气、无尽的活力,而无半点槁木死灰,活泼的精神来自师法自然,又创造自然,这就是巧夺天工,这除了自然又有谁能够裁度呢?

【评析】

"精神"这一品主要讲述了诗歌必须体现蓬勃生机、抑扬气势的内在活力,活色生香的韵致,以及生生不息、日新月异的风貌。

王安石在《读史》中有诗云:"糟粕所传非粹美,丹青难写是精神。"诗歌也是如此,诗歌难写有精神。

叶燮在《原诗》中说:"志高则其言洁,志大则其辞弘,志远则其旨永。如是者,其诗必传,正不必斤斤争工拙于一字一句之间。"孙联奎在《诗品臆说》中也说:"人无精神,便如槁木;文无精神,便如死灰。""精神"是诗歌的生命、活力和神采。诗美,是美好的感情的产儿,也是美好的思想的骄子。司空图在这一品中,阐述了如下几层意思:

一是"精神"来自于人的本真。"欲返不尽,相期与来。"他在这里由"返"与"来",表达了"精神"的源头,这个源头是返归真性,是由内在自然勃发而生。中国传统文化认为,"精神"是天地生生之"性"。

《列子·天瑞》中说:"精神者,天之分;骨骸者，地之分。"人是由形神两部分组成的，形是神的载体，神是形的主宰。这是由宇宙中的天地所决定的。《易传》中说"精含为神"，天地万物秉气而生，气有阴阳清浊，阳刚之气凝之为神，阴柔之气散而为形。为此，精气充足则精神旺盛。好的诗歌之所以富有"精神"，应当是诗人心中充满正气、志气、骨气、底气，是阳刚之气的自然流露而展现出的精神气象。曹操《龟虽寿》中的"老骥伏枥，志在千里。烈士暮年，壮心不已"表达了对理想的不懈追求，即使到了老年，只要生命不息，就要奋斗不止，不能贪图享受而不思进取，给人以积极向上的精神力量。

二是"精神"是天地万物的生香活色。在审美鉴赏上表现为充满生机、生动、活泼的韵致。"明漪绝底，奇花初胎。"这是"精神"神采的焕发，"奇花初胎"，有如生命新的孕育，也展示了含苞待放之美，象征着青春与活力，这是非常传神的。王国维在《人间词话》中认为"明月照积雪""大江流日夜""中天悬明月""长河落日圆"等诗句达到了无比神妙、高深的境界，可谓千古奇观。朱熹的《春日》云："胜日寻芳泗水滨，无边光景一时新。等闲识得东风面，万紫千红总是春。"诗人描写了在一个春光明媚的美好日子里,来到泗水边观花赏草,只见无边无际的风光景物一时都换了新貌,仿佛是一夜东风吹开了万紫千红的鲜花,令人耳目一新。在这里诗人写出了春光的明媚、万物的生机和生命的神气。

三是"精神"表现为生生不息的生命气象。《易传·系辞传下》:"天地之大德曰生。"意思是说:天地最根本的性质是化生万物,生生不息,这是中华民族的精神之一。"富有之谓大业,日新之谓盛德,生生之谓易。"(《易传·系辞传上》)"生"是一气相通,生生相续,生生不已,是生机勃发、生气流动,是一种浓厚的生命意识。司空图在这里

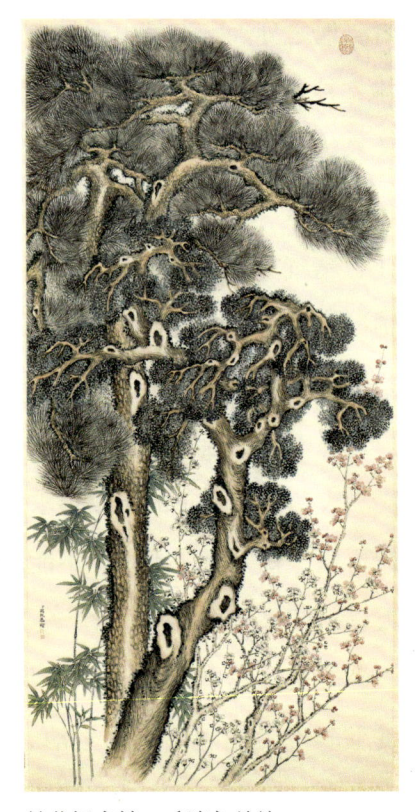

健节恒春轴　〔清〕关槐

讲"生气远出,不着死灰",强调的是对生命的珍重、珍爱和关怀。屈原是中国第一位有强烈"生命意识"的诗人,他心忧国事,关心民瘼,行吟在家园多艰、疮痍满目的大地之上,在《离骚》中曰"长太息以掩涕兮,哀民生之多艰",表达了他心忧国家、情系百姓的思想情感。杜甫《蜀相》中语"出师未捷身先死,长使英雄泪满襟",感叹的是诸葛亮的壮志未酬和"鞠躬尽瘁,死而后已"的精神境界。文天祥《过零丁洋》中慨叹"人生自古谁无死?留取丹心照汗青",表现了诗人如火的赤诚之心、视死如归的气节以及舍身取义的人生观。

四是"精神"是妙造自然所创造出的神韵。"精神"是一种再创造,是丰富的想象力和创造力。司空图说:"妙造自然,伊谁与裁?"这是指在效法自然的基础上加以"妙造"。艺术来自于自然,来自于生活,但又要高于生活,不是简单的模仿,而是用心去感通、融会,是"心师造化"。这在诗歌中表现为神悟和神韵。

王国维在《人间词话》中记载了一个辛弃疾神悟的故事:

辛弃疾中秋饮酒达旦,用《天问》体作《木兰花慢》以送月，曰："可怜今夕月，向何处，去悠悠？是别有人间，那边才见，光影东头？"王国维说，辛弃疾中秋之夜饮酒，并且效仿屈原的《天问》体作了一首《木兰花慢》以送别明月，在这首词中，发挥了丰富的想象，直接悟到了月亮围绕地球旋转的道理，与科学家的猜测切合，真可以称得上是神悟啊。

（三）"精神"例说

1. 燕歌行

〔唐〕高适

开元二十六年，客有从御史大夫张公出塞而还者，作《燕歌行》以示。适感征戍之事，因而和焉。

汉家烟尘在东北，汉将辞家破残贼。

男儿本自重横行，天子非常赐颜色。

摐金伐鼓下榆关，旌旆逶迤碣石间。

校尉羽书飞瀚海，单于猎火照狼山。

山川萧条极边土，胡骑凭陵杂风雨。

战士军前半死生，美人帐下犹歌舞。

大漠穷秋塞草腓，孤城落日斗兵稀。

身当恩遇恒轻敌，力尽关山未解围。

铁衣远戍辛勤久，玉箸应啼别离后。

少妇城南欲断肠,征人蓟北空回首。

边庭飘飖那可度,绝域苍茫更何有。

杀气三时作阵云,寒声一夜传刁斗。

相看白刃血纷纷,死节从来岂顾勋。

君不见沙场征战苦,至今犹忆李将军。

【译文】

唐朝边境一片烽火,东北方向狼烟大作掀起尘土,将军辞别家人,意欲前往边境破敌。

战士们本来在战场上就所向披靡,皇帝又破格赐予了荣耀。

锣声响彻天边,重鼓槌声之下出兵山海关,旌旗猎猎,逶迤碣石山间。

武将传来插有羽毛的紧急军报,飞奔浩瀚之海,敌军首领的火炬之光已照到我狼山。

山河荒芜,尽是萧条之景,边地也满目凄凉,胡人骑兵仗着兵器的威力在风雨中奔突。

战士拼斗在军阵前,几乎半数都战死,将帅们还在帐中观看美人歌舞。

时值深秋大沙漠,塞外百草凋枯,落日映着孤城,战士的人数越斗越稀少。

身受皇家恩德礼遇，所以常常藐视敌人，边塞之地尽力参战却未能解围。

士兵们身穿铁甲守护边远疆场，长久地辛劳，妻子们双眼垂泪目送丈夫远去，仍啼哭不止。

她们孤身住在家乡，肝肠寸断，远征军人驻扎蓟北，也不住地回头频望家乡的方向。

边境飘渺遥远，怎可轻易奔赴，绝远之地满目苍茫，更无人烟。

阵前整日杀气腾起似乌云翻滚，一夜寒风如泣如诉，打更的声音听来心惊。

互看刀剑白刃乱飞舞，夹杂着鲜血纷飞，男儿从来为国赴死，难道还求著功勋？

你没看见拼杀在沙场战斗多惨苦，人们现在还在思念有勇有谋的李将军。

【鉴赏】

唐代的边塞诗继承了建安诗"志深笔长""梗概多气"的风骨，又吸收了六朝诗善写离愁别怨的长处，形成了积极进取的诗魂、悲壮高亢的基调、雄浑开朗的意境，充满阳刚之美。在这些边塞诗中，以高适、岑参的成就最高。

高适的这首《燕歌行》写于公元738年，唐军攻击契丹、奚，先胜后败，主帅张守珪隐瞒败绩，谎报军情。消息传来，曾游历蓟燕并见过张守珪的高适极为愤慨。诗写了汉将之勇敢："汉将辞家破残贼"；写了戍边之严酷："山川萧条极边土"；写了征人思亲之悲苦："少妇城南欲断肠"；最为可贵的是写出了戍边将士的豪迈和雄壮，表达了为国捐躯的情怀，诗以"死节从来岂顾勋"点明了英雄主义的壮志和民族气节。盛唐时，殷璠评高适曰："其诗多胸臆语，兼有气骨。"

这首诗描写了战斗环境的艰苦，战士浴血奋战的顽强，插入了征人思妇的心理描写，热情赞美了战士们不求功名、舍身报国的品格和牺牲精神，最后表达了一个共同的心愿：国家要用兵得人，才能巩固边防，保家卫国。

2. 从军行

〔唐〕王昌龄

青海长云暗雪山，孤城遥望玉门关。

黄沙百战穿金甲，不破楼兰终不还。

【译文】

青海上空的阴云遮暗了雪山，站在孤城遥望远方的玉门。

塞外身经百战磨穿了盔和甲，不打败西部的敌人誓不回还。

【鉴赏】

王昌龄和高适一样，饱读诗书，关怀现实，具有浓厚的爱国主义情怀和英雄主义的精神气概。

诗首先描绘了西北边塞将士们所处的环境，极言战斗的艰苦：阴云、雪山、孤城，衬托玉门关人在寒冷、孤独中守卫边关。在写景的同时渗透丰富复杂的感情：戍边将士虽然身处严酷的环境，仍然对自己所担负的责任感到自豪，把戍边生活的孤寂、艰苦之感，都融合在悲壮、开阔而又迷蒙暗淡的景色里。

接着，由写景转为抒情。"黄沙百战穿金甲"书写了戍边时间之漫长、战事之频繁、战斗之艰苦、敌军之强悍、边地之荒凉，反衬出将士之勇敢。金甲尽管磨穿，将士的报国壮志却并没有消磨，而是在大漠风沙的磨炼中变得更加坚强、更加英武、更加豪迈。"不破楼兰终不还"是身经百战的将士豪壮的誓言，显得铿锵有力、掷地有声。这首诗境界阔大，感情悲壮，含蕴丰富，抒发了戍边将士保家卫国的豪情壮志。

3. 凉州词

〔唐〕王翰

葡萄美酒夜光杯，欲饮琵琶马上催。

醉卧沙场君莫笑，古来征战几人回？

【译文】

酒筵上甘醇的葡萄美酒满盛在夜光杯之中，正要畅饮时，马上琵琶也声声响起，仿佛催人出征。

如果醉卧在沙场上，也请你不要笑话，自古出外打仗的有几人能返回家乡？

【鉴赏】

王翰的《凉州词》是一首曾经打动过无数热血男儿的千古绝唱。

这首诗首先描写了酒香四溢的盛大筵席，有葡萄美酒，有夜光杯器，这是一个令人欢畅的场面。突然传来了激发的琵琶声，这是催人出征的号角。"军令如山倒"，军士们虽然喝得有点酣醉了，但没有片刻迟疑，随即放下酒杯，奔赴战场。即使醉卧沙场，也请诸位莫笑，"古来征战几人回"，早将生死置之度外了。"醉卧沙场"表现出的不仅是豪放、开朗、兴奋的感情，而且还有视死如归的勇气。

这首诗明快的语言、跳动跌宕的节奏反映出了奔放、豪迈的感情,展现出了令人激动和向往的艺术魅力,充分体现了盛唐边塞诗的特色。

塞山秋月 〔清〕钱维城

二、"超诣":空灵飞动 韵外之致

"超诣"是超越寻常、超越世俗,达到清高之意诣,具有"象外之象""景外之景"的"韵外之致",给人以更多的审美享受。

超诣作为一个审美概念,自唐代开始就已采用。《世说新语·赏誉》:"简文云:'渊源语不超诣简至,然经纶思寻处,故有局陈。'"《二十四诗品》所论此品,主要讲的是超越表象,立意出新,表达其不停留在表象而能深入事物的本质的思想。

(一)"超诣"释名

"超",形声字。篆文超。造字本义为挥手呼叫着追赶。《说文·走部》:"超,跳也。从走,召声。"本义为跳上,一跃而上,如"秦师过周北门,左右免胄而下,超乘者三百乘"。超,还有越过、跨过、超出、胜过等义。

诣,形声字。《说文·言部》:"诣,候至也。"本义指前往、去到。又引申指学问等所达到的境界,如"造诣"。

"超诣",包含了在审美鉴赏上如何超越的语言、表象,是一种辩证的思维方式、一种创造性思维,也是诗歌创作中一种独立、自由的精神放飞,是违俗向道、内在超越、追求自由的人格精神和丰富多彩的审美境界,是拥有独特气质的诗歌美学。

"超诣"是一种敢为人先的自信与智慧,走前人没有走过的路。"超"字从"走","急行曰趋,急趋曰走"。走,在古代是快速奔跑的意思,引申为追赶、追求。敢于走前人没有走过的路,就是"敢于第一个吃螃蟹的人"。要善于独辟蹊径,善于站在前人的肩膀上,才能登上新的高峰。在现实生活中,勇于"弯道超车",其精神是可嘉的。而"变道超车",更是一种智慧、胆识和境界。

"超诣"是敢于打破常规的思维定式,实现超越自我。"超"的本义是"跳也",即跳跃,有超越之意。这正如进行中的马拉松大赛,如果要战胜选手,就不能有常规的思维和步伐,必须跨大步。在我们的人生道路上,常有惯性思维,按部就班、墨守成规,其结果是守摊子、平庸无为。人生也常有这样的现象,许多障阻一开始时在我们眼里都那么沉重和无奈。其实,只要我们鼓足勇气，就会发现它只不过是一层窗纸而已。只要转变思路，就能找到办法，问题也会迎刃而解。有的时候很多人不敢追求梦想，不是追不到，而是自我设限，缺乏勇气，缺乏跳跃的自信，正是懦弱使他们丧失了机会。

"超诣"，是听从心灵的呼唤，听从使命的呼唤。诣，从言，从旨，"言"为语言、文字。旨，为目标。诣，是用语言去表达意旨。超，从召。"召"是"招"的本字，表示挥手。"召"意为引导、呼唤。我们从事每一项事业，都必须有兴趣、热情、激情，所有这些都来自于心灵深处的呼唤，冥冥之中有一种声音、一种力量召唤着你去努力、去奋斗，只要我们依照心灵的呼唤去努力，就能做出不凡的事业来。将理想变成现实的最重要一步就是从心出发，然后踏出第一步，只要有开始，在你的面前会顺其自然地展示出宽阔的前程和道路。

"超诣"是一种超然物外的境界。"超"字有"走"字底，有疾行的意思。如此看来，要做"超人"，只有加快脚步，不停追赶。今天，在这个竞争激烈的社会里，众人"急驱之"的莫过于"物"，即物质、名利。久而久之，物欲的躁动、追逐的劳累、取舍的烦忧只会成为沉重的负担。有时走得太远，往往会忘记了原点；忘记为什么出发；有时走得太快，又往往会忽略身边的人、物和境。不停地奔跑，也要懂得适当停下脚步，欣赏路上的风景。而追求目标，追求梦想，不仅仅是追求物质、追名逐利，还要追求艺术的情趣、精神的充盈、道德的升华。这样，就要有一颗淡泊名利、超然物外的心。"不以物喜，不以己悲"，只有超然物外，才能高出众人、超凡脱俗，这种超越带来了人生的另一番境界。正如跳高一样，一个人假如背负的东西太多太重，是很难跳得高的。一个人要超凡、超越，就要摆脱功名利禄的羁绊，否则登不高、走不远，这正如过了河还背着船赶路一样。

（二）"超诣"析义

【原文】

匪神之灵，匪机之微。如将白云，清风与归。

远引若至，临之已非。少有道契，终与俗违。

乱山乔木，碧苔芳晖。诵之思之，其声愈希。

【译文】

不是因为心神灵巧，也非由于天赋智能。好像伴从白云，随清风一起遨游同归。

向前远行,如面临妙境,到达那里,却又觉得面目全非。有了道的素养,才能超脱世俗。

乔木高耸在乱山丛中,绿苔闪耀着春阳芳辉。在此情景中构思吟咏,就会忘记一切,深有韵味。

【评析】

"超诣"一品是说超脱世俗一切尘垢,而达到比"虚伫神素""妙机其微"还要高出一筹的清高境界。"超诣"是一种精神境界,也是一种艺术境界。司空图在《与李生论诗书》中说:"盖绝句之作,本于诣极,此外千变万状,不知所以神而自神也,岂容易哉?"说的就是这种艺术上的"超诣"境界。孙联奎的《诗品臆

重江叠嶂图(局部) 〔元〕赵孟頫

说》云:"诣,至也,即造诣。超诣,谓其造诣能超越寻常也。总言第一等为超诣。人品、文字皆有超诣,故诗以超诣为第一等。"超越寻常,是超诣的要义,是诗歌的审美理想。"超诣"这一品讲的美学精神主要有如下几个方面:

"超诣"是"物我为一"的融合精神。"超诣"是一种佛学的思维,极具禅意,是佛法"不二法门"在诗美中的运用。这个"不二法门",就是没有生灭是非的"分别心",超越了"非此即彼"的对立状况,寻求在对立的关系中找到统一,融合,归于本真。司空图在这里说:"匪神之灵,匪机之微。"这是指出不要寄望于神、灵、几微的抽象之道,只要与大自然融合为一体,自然能达到高远精深的境界,领略到道心。禅宗追求"孤峰迥秀,不挂烟萝;片月行空,白云自在"的境界,"青山自青山,白云自白云",不起分别心,无主客之分别,也无物我之对立,清风明月与我相伴而行。正如辛弃疾所说:"我见青山多妩媚,料青山见我应如是。"物我一体,就能获得"妙悟"的境界。刘长卿的《寻南溪常道士》云:"一路经行处,莓苔见履痕。白云依静渚,春草闭闲门。过雨看松色,随山到水源。溪花与禅意,相对亦忘言。"这首诗表现了人与山水在精神上若契合为一,则无分造物(客观存在)与造意(主观感受)的差别,"溪花与禅意"已经心灵相通,互相感悟,所以是"相对亦忘言"。

"超诣"是超越老套、俗套。诗歌要清新高远,必须以立意创造为根本,必须突破传统的俗套,这样才能实现超诣之志。只有语言新、立意新、风格新、意境新,才能远俗、放逸和生韵。李白的诗之所以具有丰富的想象力和浪漫主义情怀,正是因为"如将白云,清风与归",这是一种"妙不自寻"的直觉,是灵性顿开的妙悟,是自由自在的姿态。郭绍虞在《诗品集解》中解释说:"可望而不可即。远远招引,好似相近,但无由践之途。既而近之,才觉超诣,便非超诣。"超诣是超越了表象,超越了常人的感觉,别出心裁。杜甫的《春望》云:"国破山河在,城春草木深。感时花溅泪,恨别鸟惊心。烽火连三月,家书抵万金。白头搔更短,浑欲不胜簪。"从"眼中景"写"心中情",用"山河在""城春""花""鸟"与"国破""草木深""溅泪""惊心"相对比,用感官的快速移动来拓展想象空间和思维情感,先感时、后感家、再感心,最后的落脚点是展现诗人心系天下、忧国忧民的博大胸怀。

"超诣"是超越了经验象征,创造"韵外之致"。"乱山乔木,碧苔芳晖",描写的是"象外之象,景外之景"的"韵外之致"的艺术创造。超越经验象征的追求,这是以自然为基础,又高于现实生活,从而获得神思妙悟。"诵之思之,其声愈希",这是"超以象外"的韵致,是只可意会难以言传的审美感受。李白是唐代的一位天才诗人,杜甫称赞他"白也诗无敌,飘然思不群"(《春日忆李白》)。明代陆时雍称李白的诗"想落意外,局自变生,真所谓'驱走风云,鞭挞海岳'。其殆天授,非人力也"(《诗镜总论》)。明代胡应麟说他"绝句超然自得,冠古绝今"。李白的《行路难》云:"金樽清酒斗十千,玉盘珍羞直万钱。停杯投箸不能食,拔剑四顾心茫然。欲渡黄河冰塞川,将登太行雪满山。闲来垂钓碧溪上,忽复乘舟梦日边。行路难!行路难!多歧路,今安在?长风破浪会有时,直挂云帆济沧海。"这首诗体格自由,不拘字数,不拘平仄,表达了心中茫然、抑郁的感情被一扫而光的豪情壮志,虽然碰到了重重障碍,仍然不放弃对理想的追求,梦想有朝一日可风云际会、乘风破浪!这首诗想象丰富,情绪起伏，意象跳跃，风格豪迈，这是突破了心物的分别，实现了"物我一体"的超诣。

"超诣"表现为时空的跨越，纵横古今，贯通历史与现实。对杜甫《上兜率寺》中的诗句"江山有巴蜀，栋宇自齐梁"，叶梦得在《石林诗话》中这样评说："远近数千里，上下数百年，只在'有'与'自'两字间，而吞纳山川气，俯仰古今之怀，皆见于言外。"与此相类的还有"万里悲秋常作客，百年多病独登台"（杜甫《登高》）；"大江东去，浪淘尽，千古风流人物。故垒西边，人道是，三国周郎赤壁"（苏轼《念奴娇·赤壁怀古》）；"秦时明月汉时关，万里长征人未还。但使龙城飞将在，不教胡马度阴山"（王昌龄《出塞曲》）；等等。这些诗歌都给人一种古今巨变、世事轮回的沧桑感，并自然而然地引发了人们对宇宙之大、历史之悠、人类之小、生命之短的感叹，从而形成了意境的厚重与悲壮之美。

中国诗歌之美，由景而生意、由意而生情、由情而顿悟，在这个审美的体验过程中，贯穿着超诣的精神，这就是超越现象、超越经验、超越了小我，在融合、会通中获得"韵外之致"。

(三)"超诣"例说

1. 古诗十九首之一·生年不满百

〔东汉〕佚名

生年不满百,常怀千岁忧。

昼短苦夜长,何不秉烛游!

为乐当及时,何能待来兹?

愚者爱惜费,但为后世嗤。

仙人王子乔,难可与等期。

【译文】

一个人活在世上通常不满百岁,心中却老是记挂着千万年后的忧愁,这是何苦呢?

既然老是埋怨白天如此短暂、黑夜如此漫长,那么何不拿着烛火,日夜不停地欢乐游玩呢?

人生应当及时行乐才对啊!何必总要等到来年呢?

整天不快乐的人,只想为子孙积攒财富的人,就显得格外愚蠢了,不肖子孙也只会嗤笑祖先不会享福!

像王子乔那样成仙的人,恐怕难以再等到了吧!

【鉴赏】

这首诗从表面上看,是主张"及时行乐",其实是以"出世"的精神、达观的心态,超越对"长寿""成仙"的愚痴，其言外之意、意外之韵是嘲讽两种愚蠢的情志，告诫人们要"看透"、要"放下"。

首先是对吝啬聚财的"惜费"者的嘲讽。吝啬和贪财者往往对财物具有强烈的占有欲，但往往是不会享受的。这在诗人看来，简直愚蠢可笑："生年不满百，常怀千岁忧。"人生是很短暂的，"长命百岁"可以算得上是长寿了。可是，偏偏想忧及"千岁"。还有一些"惜费"者终日寡寡无欢，只想着为子孙攒点财物，便显得格外愚蠢了。正如林则徐所说："子孙若如我，留钱做什么？贤而多财，则损其志；子孙不如我，留钱做什么？愚而多财，益增其过。"儿孙自有儿孙福。儿孙如有本事，不需祖上的财物。儿孙如不成才，留一座金山给他，也会千金散尽。正是由于他们生时的"惜费"，积攒了金钱财富，反而造就了游手好闲的子孙。当这些不肖子孙挥霍无度之际，不但不会感激祖上的福荫，相反却会嘲笑祖先的愚痴。"愚者爱惜费，但为后世嗤"二句嘲讽语气尖刻，对愚者有"唤醒醉梦"之力。

诗歌嘲讽的第二种情志是：仰慕得道成仙者。对于神仙的企羡，历来追求者如过江之鲫。从秦始皇到汉武帝都干过许多蠢事,在汉乐府中,因此留下了"王子乔,参驾白鹿云中遨。""下游来,王子乔"的热切呼唤。但这种得遇神仙的期待,终于被发现只是一场空梦。"仙人王子乔,难可与等期",意在唤醒那些追求成仙者,表达了一种旷达的心态。

这样一首以放浪之语抒写"及时行乐"的奇思奇情之作,其弦外之音是对人生迷梦的唤醒,指出了"常怀千岁忧"的"惜费"者是愚蠢的,梦想长生不老而成仙也是愚痴的,只有对人生采取旷达的态度,才是明智和智慧的。这就是这首诗歌的深层意旨。

2. 水调歌头·明月几时有

〔宋〕苏轼

丙辰中秋,欢饮达旦,大醉。作此篇。兼怀子由。

明月几时有?把酒问青天。不知天上宫阙,今夕是何年。我欲乘风归去,又恐琼楼玉宇,高处不胜寒。起舞弄清影,何似在人间。

转朱阁,低绮户,照无眠。不应有恨,何事长向别时圆?人有悲欢离合,月有阴晴圆缺,此事古难全。但愿人长久,千里共婵娟。

第二讲 诗魂之美:"精神"与"超诣"

【译文】

明月是从什么时候开始有的呢?我拿着酒杯遥问苍天。不知道天上的宫殿,今晚是哪一年。我想凭借风力回到天上去看一看,又担心美玉砌成的楼宇太高了,我经受不住寒冷。起身舞蹈玩赏着月光下自己清朗的影子,月宫哪里比得上在人间。

月儿移动,转过了朱红色的楼阁,低低地挂在雕花的窗户上,照着没有睡意的人。明月不应该对人们有什么怨恨吧,可又为什么总是在人们离别之时才圆呢?人生本就有悲欢离合,月儿常有阴晴圆缺,这样的好事自

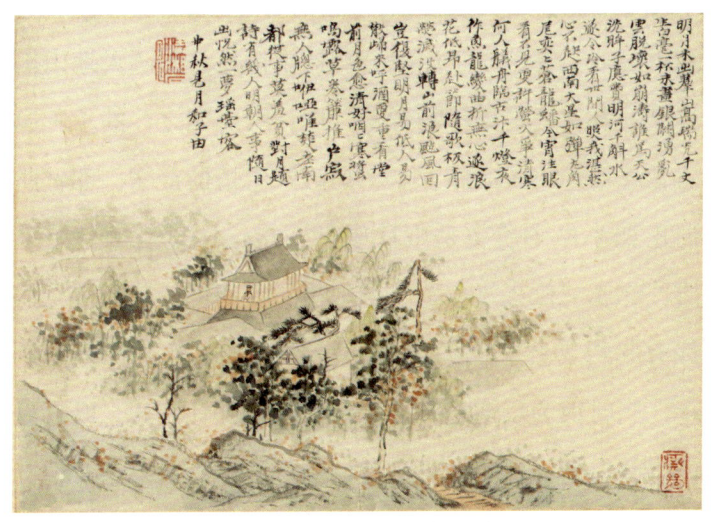

东坡时序诗意图之中秋见水和子由 〔清〕石涛

古就难以两全。只希望这世上所有人的亲人都能平安健康长寿，即使相隔千里也能一起欣赏这美好的月亮。

【鉴赏】

这首词是中秋望月怀人之作，表达了对胞弟苏辙的无限思念。此词上片望月，是对浩瀚的宇宙的畅想，既怀超逸兴致，高接荒茫，而又连接大地，观照人间，侧重写天。词人一开始就发问：明月是从什么时候开始有的？"明月几时有？把酒问青天。"把酒问天这一问与屈原的《天问》有相似之处。其问之痴迷、想之逸尘，充满神奇的想象力和探索精神，屈原《天问》洋洋一百七十余问的磅礴诗情，是在他被放逐后彷徨山泽、经历陵陆，在楚先王庙及公卿祠堂仰见"图画天地山川神灵"及"古贤圣怪物行事"后"呵而问之"的（王逸《楚辞章句·天问序》），是触景生情的产物。苏轼此词正如小序中所言是中秋望月、欢饮达旦后的狂想之曲，亦属"伫兴之作"（王国维《人间词话》）。它们都有起得突兀、问得离奇的特点。苏轼此词作于丙辰年，当时因为反对王安石新法而自请外任密州。既有对朝廷政局的强烈关注，又有期望重返汴京的复杂心情，故时逢中秋，一饮而醉，意兴在阑珊中涌动，展开了丰富的想象，表现了古代许多士大夫的情怀。正如《岳阳楼记》中所说："居庙堂之高则忧其民，处江湖之远则忧其君。"皆在"出世"与"入世"之间徘徊。

词的下片融写意为写情，化景物为情思，表现了词人对人世间悲欢离合的感慨，侧重写人间。从天上回到了人间，是空间的跨越。"我欲乘风归去"，表达了词人开阔的心胸与超远的志向；"人有悲欢离合，月有阴晴圆缺，此事古难全"，用自然之道表现人生之理，实质上是强调对人事应当采取达观的态度；最后用"但愿人长久，千里共婵娟"，表达了对亲人的思念和祝福，从悲情转为乐观。

苏轼的这首词超越了月亮运行变化的自然形态，探求了人生的意义，融天趣、理趣、情趣于一体，俯仰古今变化，感慨宇宙流转，抒发了对明月的向往之情、对人间的眷恋之意，穿越了天上人间，超越了时空的局限，可以说是"超诣"的代表作。

第三讲

诗风之美

「雄浑」与「冲淡」

第三讲 诗风之美："雄浑"与"冲淡"

风格是艺术作品具有代表性的风貌和特色，也是艺术家个人的印记和标志。有人将《二十四诗品》当作诗歌的风格学，这可以看作是一家之言。南朝刘勰在《文心雕龙·体性》中对艺术风格有一个概括，提出了"一曰典雅，二曰远奥，三曰精约，四曰显附，五曰繁缛，六曰壮丽，七曰新奇，八曰轻靡"的"八体说"。假如论诗歌的风格，同样可以说出几十种。但从审美的风格看，大致可以分为"阳刚之美"和"阴柔之美"这两种，《二十四诗品》中大多可以各归于这两类。这里仅以具有典型意义的"雄浑"与"冲淡"为范例进行分析。

一、"雄浑"：雄伟壮阔 气势磅礴

司空图在《二十四诗品》中，将"雄浑"放在二十四诗品之首，由此可见"雄浑"在诗人心中的分量。南宋诗论家严羽的《沧浪诗话·诗辨》云："诗之品有九：曰高，曰古，曰深，曰远，曰长，曰雄浑，曰飘逸，曰悲壮，曰凄婉。"严羽又在《答出继叔临安吴景仙书》中说："又谓：盛唐之诗，雄深雅健。仆谓此四字但可评文,于诗则用'健'字不得。不若《诗辨》雄浑悲壮之语,为得诗之体也。"因此,雄浑的妙处在于,积而不发,蓄积无穷的力量于天地之中,如巍峨的高山、辽阔的大漠、苍茫的戈壁、圣洁的冰川、浩瀚的草原、浩渺的海洋、虚无的天空、神秘的日月星辰,等等,无不在雄浑的范畴里。

在古代诗歌中,雄浑一直被认为是一种大美,既重在广度、力度,又重在厚度、深度。这两种含义都既可用来形容一种境界、一种具体景物形象,也可以用来表现一种情志、气势,一种抽象的精神现象。雄浑用巨大刚健力量的融聚,让它的美激荡到灵魂深处,当它与崇高、悲壮、高古等融合在一起时,便产生了一种震撼人心的壮美。

(一)"雄浑"释名

雄,形声字,从隹,厷声。"隹"为鸟,"厷"为上臂。男子肌肉发达,尤其体现在鼓突的上臂上,"厷"这一部位是力量和健壮的象征。《说文·隹部》:"雄,鸟父也。""雄"字本义为公鸟,如《诗经·邶风·雄雉》中有:"雄雉于飞,下上其音。"后又泛指自然界中的雄性生物,如雄鸡、雄蜂等。雄性生物往往刚劲有力，因此"雄"又引申出雄壮、威武有力之意。如苏轼在《念奴娇·赤壁怀古》中是这样描写周瑜的："羽扇纶巾，雄姿英发，谈笑间，樯橹灰飞烟灭。"由此引申，"雄"又被用来喻指杰出的人物或强有力的国家。如《史记》中的众多人物，司马迁称他们为"烈丈夫""勇士""豪俊""豪杰"，而后来人将他们统称为"英雄"了。魏晋的刘劭在《人物志》中对"英"与"雄"做了区别："聪明秀出谓之英，胆力过人为之雄。""英可以为相，雄可以为将，若一人之身兼有英雄，则能长世，高祖、项羽是也。"他将"英"与"雄"分开来看，"英"字强调要有过人的聪明才智，这样的人可以为相；"雄"字要求有过人的胆识力气，这样的人可以为将，而只有兼具英才与雄才的人，才能被称为英雄。

"浑"形声字，从水，军声。"水""军"为"浑"，意为水势浩大，声响不绝。《说文·水部》："浑，混流声也。""浑"的本义指水喷涌声。

"雄浑"是强大有力，宏伟而有气魄。"雄"从"厷"，"厷"是"宏"的省字，表示外形大、力量大、气势大。历史上的英雄豪杰，多有雄心壮志，有焕发英姿、坚贞气节、刚毅血性和不屈斗志的品性,如"劳身焦思,居外十三年,过家门不敢入"的大禹,"壮志饥餐胡虏肉,笑谈渴饮匈奴血"的岳飞,"苟利国家生死以,岂因祸福避趋之"的林则徐,"试看将来的环球,必是赤旗的世界"的李大钊,"砍头不要紧,只要主义真"的夏明翰,"在烈火与热血中得到永生"的叶挺,等等。中华民族是一个英雄辈出的民族,也是一个敬仰英雄、铭记英雄的民族。

"雄浑"代表着不可分的、天然的、浑厚的整体。"浑"是处于混沌的状态,是尚未分开的整体。如"浑然一体""浑然天成"。唐代韩愈的《上襄阳于相公书》中云:"阁下负超卓之奇材,蓄雄刚之俊德,浑然天成,无有畔岸。"在这里韩愈用"浑然天成"指诗文结构严密自然,用词运典毫无斧凿痕迹,亦形容人的才德完美自然。

"雄浑"还表示雄健浑厚。从字面看,它是由雄和浑两种风格元素组成的,雄与浑缺一不可。雄者,宏大威武,刚强有力。浑者,浑厚博大,浑然一体。在同类的风格中,"雄浑"和"雄健"的内涵相近。但是,"雄浑"以"气"的积蓄、运行和喷发为特征,以道家的思想为基础；而"雄健"则是以"力"为表现，表现的是一种力度，以儒家思想为基础。

（二）"雄浑"析义

【原文】

　　大用外腓，真体内充。返虚入浑，积健为雄。
　　具备万物，横绝太空。荒荒油云，寥寥长风。
　　超以象外，得其环中。持之匪强，来之无穷。

【译文】

　　华美的文辞涌现在外，真切的内容充实其中。返回虚静，方能达到浑然之境，蓄积正气，方可显出英雄。

　　包罗万物的气势，横贯浩渺的太空。像苍茫滚动的飞云，如浩荡翻腾的长风。

　　超越生活的表面，掌握内在的核心内容。追求雄浑，不可强求，自然得来，就会意味无穷。

【析义】

　　在中国传统文化艺术中，诗歌是诗人人格的折射和品格的凸显。它用精致美妙的文字，传达出诗人审美主体的情感世界与精神境界。诗人突破历史的渊薮，从自我情感出发，在艺术灵动中，通过具体的生活细节来展示大气磅礴的自然规律与情感世界。"雄浑"是古代诗歌创作重要的审美标准，可以让心如大鹏展翅，"水击三千里，抟扶摇而上者九万里"，遨游于太空之中。也可如云如风如水，如苍茫大地，如虚无天空，与万物合一，与自然一体，去表现出"天人合一"的雄浑境界。

"雄浑"之美的诗风表现为一种阳刚之美，主要有如下几个特征：

"雄浑"的真性本体如一团自在运行的元气，浑然一体、不可分割，是一种真实之美和整体之美。"雄浑"由内在的力量所决定，"大用外腓，真体内充"，是向内颐养充盈的真体、元气，用内在的虚静积蓄力量，而适时外用为动。这就是所谓体格用弘、静中养动。这是内外、动静一体化的表现，"雄浑"的诗风之美，用动静的对比表现了元气的充足和气韵的流动，这是一种真实的力量在飞动。比如，杜甫的《旅夜抒怀》中的"星垂平野阔，月涌大江流"；《望岳》中的"荡胸生层云，决眦入归鸟。会当凌绝顶，一览众山小"，均气吞万里，雄健浑厚。《登高》云："风急天高猿啸哀，渚清沙白鸟飞回。无边落木萧萧下，不尽长江滚滚来。万里悲秋常作客，百年多病独登台。艰难苦恨繁霜鬓，潦倒新停浊酒杯。"诗中描写诗人登高时眼前所见、耳边所闻的具体实景，营造了一幅气势磅礴的长江秋日图。从更大处落笔，侧重写诗人眼前恍如所见的、耳边仿佛听到的整体景物，以"无边"二字展开了"落木萧萧下"的画面，以"不尽"二字展开了"长江滚滚来"的画面，把秋景描写得既肃穆萧飒又空旷深远。"无边""不尽"二语不仅写出了秋天气象的典型特征，更能展示出诗人此时心情激荡不已，衰弱之身、登台之痛、叹年老无力之感交织，"艰难苦恨"涌上心头。《唐宋诗醇》评价此诗说："气象高浑，有如巫峡千寻，走云连风，诚为七律中稀有之作。"这首诗情境几转，以亦工亦拙之笔，写尽沉郁雄浑，与天地并立，强风遒劲，造化同功，展示出了一种雄浑的壮美，把我们带入了那种粗犷雄厚的意境。

"雄浑"表现为无人工痕迹的自然之美。"反虚入浑，积健为雄。"雄为力之用，浑为气之养。"雄浑"是自然的气象和状态。老子的《道德经》中说："有物混成，先天地生。寂兮寥兮，独立而不改，周行而不殆，可以为天地母。""反虚"是返回虚空，因为空虚可以包容万物，"反虚"是积蓄力量。《庄子·天道》中说："夫虚静恬淡寂漠无为者，万物之本也。""雄

"浑"是一种自然之道，就像太阳那样刚健有为，周而复始，不停地运行，"荒荒油云，寥寥长风"描写的就是丰富多彩的自然之美。

中国诗歌中具备雄浑之气的要数盛唐诸诗人为最。宋严羽评盛唐气象时说："盛唐诸公之诗，如颜鲁公书，既笔力雄壮，又气象浑厚。"

颜家庙碑原刻（近拓）　〔唐〕颜真卿

唐代诗人陈子昂的《登幽州台歌》："前不见古人，后不见来者。念天地之悠悠，独怆然而涕下！"这首短诗深刻地表现了诗人怀才不遇、孤独寂寞的情感。诗人把纵观古今历史的慷慨悲凉之情，化为一个天高地

第三讲 诗风之美："雄浑"与"冲淡"

广、苍茫空旷的意境，表达了对艰难困苦的激愤不平。"前不见古人，后不见来者"，指前代的贤君既不复可见，后来的贤明之主也来不及见到，自己真是生不逢时。诗人看不见前古贤人，也看不见未来英杰，当登台远眺时，只见茫茫宇宙，天长地久，不禁感到孤单寂寞，悲从中来，怆然流泪。这首诗风格明朗刚健，以慷慨悲凉的调子，表现了诗人失意的境遇和寂寞苦闷的情怀，是具有"汉魏风骨"的唐代诗歌的先驱之作，对扫除齐梁浮艳纤弱的诗风具有拓疆开路之功。这首诗意境雄浑，视野开阔，语言奔放，韵味极强，富有感染力，成为千古名篇。

"雄浑"是一种辽阔的境界和磅礴的气势，充满力量之美。"积健为雄"，是指自强不息的生命凝聚成为遒劲雄壮的力量。"具备万物，横绝太空"，表现了包容万物、有容乃大的气魄。

中华人民共和国开国领袖毛泽东，就是自古以来最具有雄浑美的大气魄者。其作品《沁园春·雪》，就是一首大气磅礴、宏伟壮阔、雄峻超逸的绝世豪词：

北国风光，千里冰封，万里雪飘。

望长城内外，惟余莽莽；大河上下，顿失滔滔。

山舞银蛇，原驰蜡象，欲与天公试比高。

须晴日，看红妆素裹，分外妖娆。

江山如此多娇，引无数英雄竞折腰。

惜秦皇汉武，略输文采；唐宗宋祖，稍逊风骚。

一代天骄，成吉思汗，只识弯弓射大雕。

俱往矣，数风流人物，还看今朝。

这首词由"雪"入题，北方的风光，千里冰封，万里雪飘，长城内外，无边无际，白茫茫一片；黄河上下，失去了滔滔水势。诗人登高远望，眼界极为开阔。"山舞银蛇，原驰蜡象，欲与天公试比高"，山岭好像银白色的蟒蛇在飞舞，高原上的丘陵好像许多白象在奔跑，这是以动写静，创造出了一种洋溢着生机与活力的灵动之美。欲与天公一比高低，更见其雄心壮志与豪迈气概，充满了生命的激情与奋发向上的精神。"须晴日，看红妆素裹，分外妖娆"，要等到晴天的时候，看红艳艳的阳光和白皑皑的冰雪交相辉映，分外美好。上阕写景，采用动静结合、冷暖色调交相辉映的艺术手法，抒写了祖国河山之壮丽，将北国雪景刻画得淋漓尽致，从中透露出词人面对祖国大好河山时的喜悦和豪迈之情。

第三讲　诗风之美："雄浑"与"冲淡"

下阕"江山如此多娇，引无数英雄竞折腰"，由写景转入咏史怀古，由空间描写转入时间叙述。在"无数英雄"中，词人列举出秦始皇、汉武帝、唐太宗、宋太祖、成吉思汗等五位封建帝国的开国皇帝加以评说议论，可惜他们武功有余文才不足，不能够配得上如此多娇的大好河山，表现手法上与上阕广袤的空间相映衬，写出了浩瀚的时间，纵贯几千年。最后一句"俱往矣，数风流人物，还看今朝"，由咏史又转入对现实的评论，表达了对无产阶级革命者的赞颂之情，洋溢着革命必将胜利的自信与乐观，雄浑壮丽，大气磅礴。

毛泽东这首词具有雄浑的风格、磅礴的气势、深远的意境、广阔的胸怀，这是由他的思想性格、品德修养、胸襟气度和审美意识所决定的。

"雄浑"具有空间性、立体感，是有生命力的和流动的。"持之匪强，来之无穷"，表示"超以象外"的气势、气韵，源源而来，不可遏止。"雄浑"是《二十四诗品》的第一品，"流动"是《二十四诗品》的最后一品，两者在结构上只构成了对应关系。"雄浑"是"气"的积蓄，表现出来的是"流动"，是气脉畅通的风格。故"流动"品也有"来往千载"的说法，与"来之无穷"的内在精神是一致的。因此,"雄浑"表现出气脉畅通,气势流动。中国诗歌在表现手法上往往追求情思的流动、运思和布局,表现神韵圆美流转的本质。如李白的《峨眉山月歌》:"峨眉山月半轮秋,影入平羌江水流。夜发清溪向三峡,思君不见下渝州。"这首诗意境明朗,语言浅近,音韵流畅。全诗意境清朗优美,风致自然天成。诗中连用了五个地名,构思精巧,从峨眉山—平羌江—清溪—三峡—渝州,诗境就这样渐次为读者展开了一幅千里蜀江行旅图,既有"仗剑去国,辞亲远游"的豪迈,也有思乡的情怀,语言流转自然。本来短小的绝句在表现时空变化上颇受限制,因此一般写法上大多不能同时超越时和空,而此诗所表现的时间与空间跨度真的达到了驰骋自由的境地,把广阔的空间和绵长的时间统一起来,既有时空的流动,也有诗人情感的变化,真可谓出神入化。

(三)"雄浑"例说

1. 大风歌

〔西汉〕刘邦

大风起兮云飞扬,威加海内兮归故乡,安得猛士兮守四方!

【译文】

大风刮起来了,云随着风翻腾奔涌。我威武平定天下,荣归故乡,怎样能得到勇士去守卫国家的边疆啊?

【鉴赏】

公元前196年,淮南王英布起兵反汉。由于其英勇善战,军势甚盛,刘邦挂帅出征。刘邦很快击败了英布,并把英布杀死。在得胜还军途中,刘邦荣归故里——沛县(今属江苏省),把昔日的朋友、尊长、晚辈都请来,共同痛饮十数日。一天酒酣,刘邦一面击筑,一面唱着这首自己即兴创作的《大风歌》,而且还"慷慨起舞,伤怀泣下"(见《汉书·高帝纪》)。这首诗只有三句,并不符合通常的律诗的要求,但每一句都充满阳刚之美,为后世所称颂。

"大风起兮云飞扬",从自然景观切入,气象宏大又生动,同时,暗指群雄纷起、争夺天下的情状。"威加海内兮归故乡",指威武夺得天下,衣锦荣归。"安得猛士兮守四方",既是希冀,言其志,又透露出对前途未卜的焦虑。总之,这首诗既"慷慨伤怀"又"豪迈雄浑"。

2. 步出夏门行·观沧海

〔三国〕曹操

东临碣石，以观沧海。

水何澹澹，山岛竦峙。

树木丛生，百草丰茂。

秋风萧瑟，洪波涌起。

日月之行，若出其中；

星汉灿烂，若出其里。

幸甚至哉，歌以咏志。

【译文】

东征登上碣石高崖，我看到了苍茫的大海。浩瀚的海面水波涌荡，陡峭的山岛千姿百态。

树高林密，生气勃勃；草绿花红，茂盛可爱。萧瑟的秋风猛然吹起，大海顿时波涛澎湃。

我只觉得日月飞驰，先在水中后在天外。我只觉得星光灿烂，是从海底升腾起来的。荣幸啊，我太荣幸了！诗句既成，无比畅快。

【鉴赏】

这首诗借景抒情，将海上的壮丽景象与自己的雄心壮志巧妙地融合在一起。诗的前半部分描述了登碣石山看到的自然风光，刻画了大海的形象、大海的风格，海水微波荡漾，山岛树木茂密，百草丰茂。后半部分写大海吞吐日月星辰，表现了自然世界雄伟壮阔的场面，在丰富的联想中抒发了诗人博大的胸怀和远大的抱负。历史学家范文澜评价这首诗说："悲凉慷慨，气魄雄豪。""观"字统领全篇，体现了意境开阔、气势雄浑的特点。

3. 登岳阳楼

〔唐〕杜甫

昔闻洞庭水，今上岳阳楼。
吴楚东南坼，乾坤日夜浮。
亲朋无一字，老病有孤舟。
戎马关山北，凭轩涕泗流。

【译文】

以前就听说洞庭湖波澜壮阔，今日终于如愿登上岳阳楼。

浩瀚的湖水把吴楚两地分隔开来，似乎日月星辰都漂浮在水中。

海渥添筹图 〔清〕屈兆麟

亲朋好友们杳无音信，我年老多病，乘孤舟四处漂流。

北方边关战事又起，我倚着栏杆远望，泪流满面。

【鉴赏】

古咏岳阳楼的名句中，写得气势磅礴的有孟浩然的"气蒸云梦泽，波撼岳阳城"，刘长卿的"叠浪浮元气，中流没太阳"，但与杜甫的"吴楚东南坼，乾坤日夜浮"相比还是要逊色许多。孟、刘两诗让人感到气力用尽，而杜诗下文仍绰有余力，举重若轻。杜甫的这首诗高立云霄，纵怀身世，胸襟开阔，被前人称为"盛唐五律第一"。

这首诗写出了洞庭湖浩瀚无边之气概。洞庭湖坼吴

潇湘八景图（局部）　〔明〕张龙章

楚、浮日夜，波浪掀天，浩茫无际，真不知此老胸中吞几云梦！"吴楚东南坼，乾坤日夜浮"两句纵怀宇宙，凝神聚气，是写洞庭湖的佳句，被王士祯赞为"雄跨今古"。

这首诗把写楼、写水、写人融为一体。主体虽然是"登岳阳楼"，却不局限于写"岳阳楼"与"洞庭水"，也写此时的物境和心境。诗人摒弃眼前景物的精微刻画，从大处着笔，吐纳天地，心系国家安危，悲壮苍凉，催人泪下。在时间上抚今追昔，在空间上包含吴楚、越关山，其身世之悲、国家之忧，浩浩茫茫，与洞庭水势融合无间，形成了沉雄悲壮、博大深远的意境。

二、"冲淡"：清和淡远　怡然自在

"雄浑"与"冲淡"作为《二十四诗品》的第一、第二品，一阳一阴是对比和互补的两品，借鉴了《周易》的表达手法。"雄浑"效法了《周易》"大哉乾元"之精神，"冲淡"则取《周易》"至哉坤元"之精髓。"雄浑"是和顺积大，发为阳刚之美；"冲淡"则是虚静淡泊，平和柔韧，发为阴柔之风。雄浑之作气魄容大，观者痛快；冲淡之作冲和淡远，优游不息。这两种自然的特性，反映到诗歌中表现为阳刚之美、阴柔之美和阴阳相融之美的三种风格。

（一）"冲淡"释名

"冲"，形声字，异体字为"沖"，从水、从中。"冲"从"水"，表示与江河湖海有关。"中"的甲骨文像旗帜之形，有中间、中央之意。"冲"字像旗帜飘飞卷动、起伏不定的状态，形容水涌动摇荡的样子。《说文·水部》："冲，涌摇也。""冲"，表示水波向上涌流，引申为水流相互冲激。杜牧的《寄牛相公》中的"汉水横冲蜀浪分，危楼点的拂孤云"，说的是汉水汹涌澎湃，流经蜀地之时，水流越发湍急，沿岸高山上巍峨的建筑仿佛都轻拂着天上的白云。

"淡"，形声字。小篆淡，从水，炎声。从"水"，表明与水有关，"炎"是火上加火，强调炎热。"炎"旁有"水"，以水降火，以水化热，使热度降低。《说文·水部》："淡，薄味也。""淡"本义为味道不浓厚，如"大味必淡""淡而无味""粗茶淡饭"。后延伸为稀薄、浅淡，如"三杯两盏淡酒，怎敌它、晚来风急""天高云淡，望断南飞雁"。三国时期

第三讲 诗风之美:"雄浑"与"冲淡"

诸葛亮在《诫子书》中写道:"夫君子之行,静以修身,俭以养德,非淡泊无以明志,非宁静无以致远。"

道家主张虚淡、清淡、淡泊、淡定、淡然,向往逍遥自在的生活。"冲淡"是对道家的生活态度、生活方式的生动描述。

冲淡,是如水般的清澈。"冲淡"两字均从水,水是清澈透明,无欲无求的。冲淡是恬淡寡欲。明朝薛宣在《读书录》中写道:"少欲则心静,心静则事简。"弘一大师在《格言别录》中说:"涵容是待人第一法,恬淡是养心第一法。"冲淡,是理性成熟,低调处理人生世事;恬淡是以平和的心态去面对人生,以怡情的胸襟去享受生活。得意时不骄奢淫逸,失意时不自卑放纵。冲淡是对生理欲望的节制,俗话说:"有欲苦不足,无欲则无忧。"人可以有欲望,但不能任其膨胀,只要过了界那就是累己累心。所以淡泊的性情是用理智去思考自己的所念所求,不被欲望所奴役。

"冲淡"是如水般的柔顺。"冲淡"两字都从水,水有柔顺的品性,随形、随时而改变,能表现柔顺之美。

"冲淡"是如水般的中和。我们在日常生活中,常把用水沏茶称为"冲茶",用水将汤调匀也谓之"冲"。假如有比较咸的汤水,用淡水"冲泡"则会变淡,所以"冲淡"也有混合、调和、中和之意。"冲淡"的本质是"中和",是儒、释、道三家都认可的审美观。

(二)"冲淡"析义

【原文】

素处以默,妙机其微。饮之太和,独鹤与飞。
犹之惠风,荏苒在衣。阅音修篁,美曰载归。
遇之匪深,即之愈希。脱有形似,握手已违。

【译文】

保持沉静的思考,就能体会到冲淡的微妙。吮吸自然之气,能伴随幽独的白鹤一起高飞。

像和煦的春风,轻轻吹拂着素衣;又好像响动的翠竹,柔声呼唤同归故里。

自然的遇合不再追寻,勉强追求反而很少如意。如果空有虚形,那就会事与心违。

【析义】

"冲淡"这一诗风之美,其表现特征是和柔明朗、轻逸灵动,洋溢着诗人脱俗而又现实的审美精神,其更深的层次是表现诗人怡淡平和的人格之美和诗歌的自然柔和之美。"冲淡"一品包含着如下审美特征：

"冲淡"来自于诗人沉静、淡泊的心志。安于淡泊是一种君子品格。《礼记·表记》曰："君子淡以成。"《庄子》曰："君子之交淡若水。"皆是将君子的人格修养与"淡"的品质联系在一起，体现了君子安贫乐道的生活态度和刚健乐观的人格精神。

道家提倡恬淡。老子的《道德经》曰："恬淡为上，胜而不美。"淡泊无欲、清静自守是道家讲求的精神境界，它以自然为宗，主张清虚淡泊、修生保真，让个人自由的心性不为外界世俗所奴役。

儒家也主张淡泊。孔子在《论语·述而》中说："饭疏食，饮水，曲肱而枕之，乐亦在其中矣。不义而富且贵，于我如浮云。"孔子说，吃的是粗粮，喝的是冷水，弯着胳膊做枕头，这样的生活也有乐趣啊！用不正当的手段得来的富贵，对于我来说，就好像天际的浮云一样。在这些风趣高妙的语句中，我们读到了孔子的乐观情绪，他并不因贫困而忧苦，而是将乐道之心转化为内在心灵的愉快和满足。孔子称赞他的弟子颜回"一箪食，一瓢饮，在陋巷"，依然"不改其乐"，展示了君子高尚的品格情操。儒家这种安于淡泊、积极乐观的精神境界，渗透在中国文化传统的血脉之中，极大且积极地影响了中华民族性格的塑造。

具有"冲淡"品格的诗歌，来自于诗人"淡泊"的心志。司空图在这里讲"素处以默"，首先是有一颗"素心"，是无欲无求，宁静素淡。《庄子·外篇·马蹄》曰："同乎无欲，是谓素朴。""素"与"默"都表现了对外在东西的放下和对功名利禄的看透。这样，诗人即使身居陋室，粗茶淡饭，清静寂寞，也自得其乐、知足常乐，有了这样的心志，写出来的诗自然就显得平和淡远。晋陶渊明的《饮酒》写得色彩淡然，韵味十足："采菊东篱下，悠然见南山。山气日夕佳，飞鸟相与还。"其是人与自然的生命交会，有一种感受自然生化的宇宙感。王维的《竹里馆》云："独坐幽篁里，弹琴复长啸。深林人不知，明月来相照。"诗歌描绘了深林幽静、明月悄悄，没有了尘世之累，没有了人为之忧，没有孤独，没有惆怅，只有一片空灵、宁静的心境。李白的《独坐敬亭山》云："众鸟高飞尽，孤云独去闲。相看两不厌，只有敬亭山。"说的是独坐时的寂寞心情和寂静的山景忽然冥会，感受到了与自然亲近的

第三讲 诗风之美:"雄浑"与"冲淡"

温暖,人与山刹那间灵性相通,浑然一体。

"冲淡"来自于诗家返璞归真的体悟。"冲淡"两字从水,由此可见,它们的含义与水有关。在自然界中,水是极其薄味的物质,但也因其薄味,而有了返璞归真之美,具有更大的美学张力。宋代苏轼在《饮湖上初晴雨后》赞美西湖景色之美:"欲把西湖比西子,淡妆浓抹总相宜。"西湖的景观即便未经打扮也依然美丽。明代张源在《茶录·品泉》中说:"真源无味,真水无香。"古人品茗,非常讲究用水。水虽然味道寡淡,但恰是如此,才能有助于烹煮茶汤。"真水无香"并不是指水因为"无香"而显得寡淡无味,而正是因为"无香",才给人提供了自然、清澈、广阔的精神境界,由虚无而进于充实。

"冲淡"所带来感官体验,大多以单薄的、浅显的形式体现出来。这种"淡"味,就是真味。"冲淡"首先在于有淡泊、宁静的心志,然后才能够深入根本去体悟。为此,司空图在这里说:"妙机其微。"这就是在玄妙的感悟指引下,去和宇宙相会,领悟人生、生命和大自然的精微细致。宋代王安石有一首咏梅诗云:"墙角数枝梅,凌寒独自开。遥知不是雪,为有暗香来。"

梅花图 〔清〕汪士慎

这首写梅的绝句，以新颖独特的视角写出了梅花的颜色、香味与姿态：你看那墙角的数枝梅花，在寒冷的冰雪之中独自盛开。我怎么知道那不是洁白的雪花呢，因为它远远地散发着清香。王安石巧妙地借用了宋代诗人林逋"疏影横斜水清浅，暗香浮动月黄昏"的名句，用"暗香"，点出了梅花的香味之淡。这种淡薄的嗅觉体验，使梅花比雪花多了一分生命力和灵动性，更为纯朴、纯真，也赋予了梅花淡泊高洁的人格品性。

"冲淡"表现为"中和""平和"的特征。在中国传统美学中，"中和"是一种审美风格。《周易》强调中和、太和、和正，这一思想对儒、道、佛都产生了巨大影响：儒家强调人与人之间的"和"，道家强调人与自然的"和"，佛家强调人的身与心的"和"。历代诗人在创作中都以"中和"作为审美标准，"冲淡"是经过"中和"达到秀美的境界。姜白石评价陶渊明："其诗散而庄，澹而腴。""散"与"庄"、"澹"而"腴"本都是矛盾的，然而它们却和谐地统一于陶诗中。苏轼评韦应物、柳宗元诗"发纤秾于简古，寄至味于淡泊"，指出了其作品外在语言十分质朴，内在意蕴却与此相反，显得丰富华美。诗人都强调绚烂、纤秾、奇趣要发之于平淡、疏淡、枯淡，"绚烂之极归于平淡"。为此，司空图在这里讲"饮之太和，独鹤与飞"，"太和之气"是天地阴阳交汇、融合而散发出来的和淡之气，是与万物同化之气。鹤本仙鸟，独立高飞，既是与自然默契、同化，也与寂寞在宇宙中同游，是一种自由、自在的状态。

"冲淡"表现为幽深的飞动和空灵的形象。"冲淡"如水的流动、如云的飞动，表现出柔和的状态。"犹之惠风，荏苒在衣"，是惠风和畅，天朗气清，和风拂衣。这是一种柔和、舒畅的状态，呈现了静穆幽深的飞动、空灵清澈的简洁和优雅。如王维的《青溪》："言入黄花川，每逐青溪水。随山将万转，趣途无百里。声喧乱石中，色静深松里。漾漾泛菱荇，澄澄映葭苇。我心素已闲，清川澹如此。请留盘石上，垂钓将已矣。"王维的诗以冲淡淳朴之音写山林闲适之情，抒恬淡澄明之心境，秀色外腴，元气内充，端凝而不露骨，超逸而不浊气，陶冶澄净，意趣曲玄。这首诗先写溪流之清澈，后写心境之安详，"声喧乱石中，色静深松里"，词秀调雅，意新理惬，动静相取，声色交融。"我心素已闲"，用诗境表达了心境，物我互为印证，

第三讲 诗风之美:"雄浑"与"冲淡"

人诗递相净化。

"冲淡"的最高境界是人与自然浑然一体。"冲淡"是一场精神的邂逅,是诗人和宇宙的一次悠然相会,不必刻意去追求,顺其自然,则有"妙悟"。"遇之匪深,即之愈希",是此境就在当下,相遇于不期之间,有意去追求,则妙然难寻。"脱有形似,握手已违",是说假如从形迹上追求,神志会迅然隐去。司空图在这里要求诗人要追求自然涌流的情韵美。李白的《独坐敬亭山》云:"众鸟高飞尽,孤云独去闲。相看两不厌,唯有敬亭山。"独坐时的寂寞心情和寂静的山景忽然冥会,让人感受到与自然亲近的温暖,人与山刹那间灵性相通,浑然一体。"冲淡"是诗人的巧遇、顿悟,是心目相应。有如钟嵘所说:"'思君如流水',既是即目;'高台多悲风',亦惟所见。""冲淡"的诗风不必以人力强为,过于刻意追求则不可及。"冲淡"之境全在神会,不可强求。

"冲淡"以柔顺、平和、温柔、敦厚为审美理想,以诗人内心的淡泊表现出诗风之清柔。当然,"冲淡"与"雄浑"又是相互融合的,往往表现为刚柔相济、冲和淡远,优游不迫往往也包含着气魄宏大、沉着痛快。

（三）"冲淡"例说

1. 饮酒·其五

〔晋〕陶渊明

结庐在人境，而无车马喧。
问君何能尔？心远地自偏。
采菊东篱下，悠然见南山。
山气日夕佳，飞鸟相与还。
此中有真意，欲辨已忘言。

【译文】

我家建在众人聚居的繁华道，可从没有烦神应酬车马喧闹。

要问我怎能如此之超凡洒脱，心灵避离尘俗自然幽静远邈。

东墙下采撷清菊时我心徜徉，猛然抬头喜见南山胜景绝妙。

暮色之中缕缕彩雾萦绕升腾，结队的鸟儿悠游着回翔远山。

这之中隐含着人生的真理啊，想要说出却已忘记如何表达。

第三讲 诗风之美:"雄浑"与"冲淡"

【鉴赏】

陶渊明这首诗的"冲淡"之美,集中体现在人与自然的浑然一体上,他凭着浅显的语言、精微的结构、高远的意境、深邃的哲理,把"人淡如菊"生动地表示了出来。全诗的宗旨是归复自然。而归复自然的第一步,是超越权力、地位、财富、荣誉等的追求。诗歌首先描写了境静、心淡,自己的住所虽然建造在人来人往的环境中,却听不到车马的喧闹,为何能做到这般超凡洒脱?这要归因于"心远地自偏"。"心远",是指超脱于世俗利害的、淡然而知足的精神状态,是庄子所讲的"心斋"。"心远"是对那争名夺利的世界采取隔离与冷漠的态度,自然也就疏远了奔逐于俗世的车马客,所居之处由此而变得僻静了,"车马喧"不仅是实在的事物,也是象征。它代表着整个为权位、名利而熙熙攘攘的官僚社会。此时,自己回归自然,享受着淡泊带来的宁静。"采菊东篱下,悠然见南山",是景与意相合,人与自然相融,与自然欣然有会意。"悠然"表现出了人闲逸而自在,山静穆而高远,在那一刻,不"欲辨",是只求与自然默契相安,似乎有共同的旋律从人心和山峰中一起奏出,融为一支轻盈的乐曲。

2. 下终南山过斛斯山人宿置酒

〔唐〕李白

暮从碧山下，山月随人归。

却顾所来径，苍苍横翠微。

相携及田家，童稚开荆扉。

绿竹入幽径，青萝拂行衣。

欢言得所憩，美酒聊共挥。

长歌吟松风，曲尽河星稀。

我醉君复乐，陶然共忘机。

【译文】

傍晚从青翠的终南山上走下来，山顶朗月好像随着行人而归。

回望下山时走过的山间小路，山林苍苍茫茫一片青翠。

下山时路遇斛斯山人，携手同去他家，孩童急忙出来打开柴门。

经过绿竹林，走入清幽小路，青萝枝叶拂着我们的衣裳。

宾主欢言笑谈，感到无比的放松，我们畅饮美酒频频举杯。

放声高歌《风入松》的曲调，一曲歌罢，已经月朗星稀。

我喝醉了酒，主人非常高兴，一时欢乐，忘记了世俗社会的尔虞我诈。

【鉴赏】

李白写的这首田园诗，似乎也有陶诗那种描写琐事人情、平淡爽直的风格。写景有情，景真情真。写景，字字清幽；写情，处处率真。诗以"暮"开首，为"宿"开拓，碧山野径，月随人归，暮色苍茫，绿竹通幽，青萝拂衣，童雅开扉，天然景致。山人置酒，相携欢言，置酒共挥，长歌风松，赏心乐事，返于淳朴自然，陶醉忘机。

这首诗以田家、饮酒为题材，与陶渊明的诗有相似之处，然而两者诗风又有所不同。陶渊明的诗写景，虽未曾无情，却显得平淡恬静，如"采菊东篱下，悠然见南山""微雨从东来，好风与之俱"之类，既不染色，又那么温缓舒徐。而李白则着意渲染，"却顾所来径，苍苍横翠微""绿竹入幽径，青萝拂行衣。欢言得所憩，美酒聊共挥"，不仅色彩鲜明，而且神情飞扬。"长歌吟松风，曲尽河星稀。我醉君复乐，陶然共忘机"，称心而出，信口而道，带有清俊之味，颇为淡然。

3. 江雪

〔唐〕柳宗元

千山鸟飞绝，万径人踪灭。

孤舟蓑笠翁，独钓寒江雪。

【译文】

四周的山连绵起伏，空旷得没有了飞鸟的鸣叫，所有穿梭在山内外的小路上没有了人的行踪，只在那宽广平静的江上，有一个披着蓑衣戴着斗笠的老渔翁，坐在孤零零的船上独自垂钓。

【鉴赏】

诗人只用了二十个字，就把我们带到了一个幽静寒冷的境地，呈现在读者眼前的是这样一幅淡雅图画：在下着大雪的

寒江钓艇图　〔明〕陆治

江面上，一叶小舟，一个老渔翁，独自在寒冷的江心垂钓。诗人向读者展示的景象是，天地之间是如此纯洁而寂静，一尘不染，万籁无声；渔翁的生活是如此清淡，性格是如此孤傲。诗人用"千山""万径"为"孤舟"和"独钓"的画面做陪衬。没有"千""万"两字，下面的"孤""独"两字也就平淡无奇，没有什么感染力了。山上的飞鸟，路上的人踪，本来是极平常的事，也是最一般化的形象。可是，诗人却把它们放在"千山""万径"之下，再加上一个"绝"和一个"灭"字，就把这最常见的、最一般化的动态，一下子变为极端的寂静、绝对的沉默，形成了一种不寻常的景象。诗人用鸟"绝"、人"独"、舟"孤"、雪"白"，描写了幽静、沉寂的环境，映衬出渔翁淡泊的品性。

诗人用一个"寒"字不动声色地写出了渔翁的精神世界。在这样一个寒冷寂静的环境里，那个老渔翁竟然不怕天冷、不怕雪大，而是忘掉了一切，专心垂钓，形体虽然孤独，性格却显得清高孤傲。这个被幻化了的、美化了的渔翁形象，实际上正是柳宗元本人的思想感情的寄托和写照。就这样，《江雪》这首诗写出了景幽、雪冷、人清的意境。

第四讲 诗骨之美

「劲健」与「清奇」

第四讲 诗骨之美:"劲健"与"清奇"

在中国诗歌的发展史上,在汉末魏初曾出现了挺拔而华美的"建安风骨",这风骨充满建安文人坚定的理想与追求,是根植于他们灵魂深处的精神诉求。他们奋起去追逐理想,努力实现生命的价值,虽九死而犹未悔。这些诗歌以慷慨悲歌为主旋律,表现出了高远的政治理想、慷慨的情感状态、浓郁的悲剧色彩、对人生苦短的哀叹和强烈的个性特征。到了唐代中期,陈子昂标举风雅兴寄和建安风骨,肯定了诗歌的革新关键在于恢复建安文人抒写人生理想的慷慨意气。为此,唐诗中一个显著的审美特征是具有风骨之美,"骨气端翔,音情顿挫,光英朗练"。唐诗的风骨之美主要体现在三个方面:

一是站在俯仰宇宙和历史发展规律的高度,对时代和人生进行了积极思考,即使个人遭遇了不幸的际遇,仍然以开朗的心情、达观的态度去面对,诗歌的情调更为爽朗,境界更为高远。

二是在追求建功立业的激情中表现出坚定的信仰和铮铮的傲骨。进取的豪气和困顿的嗟叹相交织,讴歌盛世的颂声和抗议现实不平的激愤相融合,充满进取、自信的时代精神。

三是赞美独立的人格和高尚的品质，标举"刚直"和"高节"。表现了诗人独立不媚上、不媚俗、不媚世的人格和注重内心世界的自由，体现了崇尚真诚纯洁的道德理想和淳真朴素的审美情趣。

诗风是"诗骨"的外在表现，"诗骨"是诗人的骨气、志气、底气在作品中的表现，是诗歌风貌得以展现的坚实骨架。没有"骨"，"肉"将无处依附。因此，优美的诗歌有"声律风骨兼备"的风貌。"诗骨之美"集中表现在《二十四诗品》中的"劲健"与"清奇"两品之中。

一、"劲健"：劲气内敛　风神俊伟

"劲健"与"雄浑"同属阳刚之美，有相同的特点，但也有所区别。"雄浑"强调的是内敛之美，是养气、聚气、蓄气，表现的是一种气势、气概、气场，是养浩然之正气。"劲健"则是外在的挺拔，是一种力量外发之美，表现的是一种伟力、健力、张力。唐皎然的《诗式·辨体》曰："体裁劲健曰力。"劲健，是一种雄健有力的境界。

（一）"劲健"释名

"劲"，形声字，从力，巠声。"力"为力气、力量，《说文·力部》："劲，彊也。""彊"为"强"，指强壮。

"健"，形声字。从亻，从建。从亻，指人；从建，表示竖起架构。造字本义是腰身挺拔，强壮有力。古人称体形挺拔强壮为"健"，强调躯干外形的结实；称体内滋润和谐为"康"，强调代谢状态的通泰。"健"从人，表示与人的行为有关。《说文解字》："健，伉也。""伉"有匹敌、抗衡、亢奋有力的意思。"劲健"包含两个方面的意义，即身体的强壮和精神上的刚强。

"劲健"是生生不息、坚不可摧的生命力量。"劲"字从力，是指一个人骨骼坚实，肌肉结实，富有力量。一个人假如身体孱弱，必然没有力量，甚至是有气无力。"劲健"是一种健康美、生命美。有人问赫拉克利特："身体健康在人的生命中有何意义？"赫拉克利特说："如果没有健康，智慧就无法表露，文化就无法施展，力量就无法战斗，知识就无法利用。"生命因健康而快乐，因疾病而枯萎。有人说："有什么别有病,缺什么也别缺健康,健康不是一切,但是没有健康就没有一切。"这就是说健康是人生的本钱,劲健就是一种健康之美。

"劲健"包括精神和心理的健康。"健"为"人""建"两字组合,可理解为"健"是"建人",即建立完善之人。这就是说,身体强壮、身心健康才是一个健全的人。健全的人聪颖智慧,做事精力充沛。白居易的《同友人寻涧花》语:"且作来岁期,不知身健否。"意思是等到明年想见,不知道身体是否还健康。这说的是生理上的强健。《易传·象传上·乾》云:"天行健,君子以自强不息。"天的运行,表现为刚健的属性,君子应效法天,自强不息,奋发有为,积极向上,不断努力,实现精神和心理上的健全。人的精神直接决定着人的身体状态和心理状态。人如果没有精神,就会导致生理上的低潮或紊乱,就会萎靡不振,也就没有力量、力气。为此,"劲健"最重要的是精神的强大。

(二)"劲健"析义

【原文】

行神如空,行气如虹。巫峡千寻,走云连风。

饮真茹强，蓄素守中。喻彼行健，是谓存雄。

天地与立，神化攸同。期之以实，御之以终。

【译文】

心神坦荡如同广阔的天空，气势充盈好像横贯的长虹。巫峡高耸万丈，飞云追随轻风。

饱含着纯真，培育着刚强，积累着质朴，保持明洁的心胸。好像天体稳健不息地运行，就能达到浑厚劲雄。

与天地共存，和大自然呼吸相通。让真情实感充盈，用刚强的气势来统帅始终。

【析义】

"雄浑"的诗风追求的是开阔和浑成的内敛，"劲健"作为诗骨，追求的是遒劲和刚健有力。刚强雄健是中国的文化精神之一，也是一种审美特征。刚健是大自然的一种造化，天地中蕴含着无穷的力量。同样，人也有无限的创造力，这种创造力不仅是体内发出来的豪力，更是一种思想的想象力和心灵的创造力。"劲健"这一品在"诗骨之美"中表现为如下几个方面：

一是"劲健"建立在阳刚之美的基础之上。阳刚之美和阴柔之美是中国美学的核心范畴和重要表征。《周易》认为阳刚之美与天地、人类的生命精神是同一的,是一种大美。阳刚之美是一种"大美"、一种"劲健"之美。《易传·文言传·乾文言》"乾始能以美利利天下,不言所利,大矣哉!"天道刚健博大的大美,是人类对阳刚之美的永恒追求。阳刚之美也表现为具有一种不可移易的整一性和纯粹性。《易传·文言传·乾文言》载:"大哉乾乎!刚健中正,纯粹精也。"阳刚之美还具有宇宙生命运动、变化的力量感,阳刚之美"能通天下之志"。因此,在中国诗歌中表现的崇高的理想、远大的格局、坚毅的品性和"威武不屈"的气节,都是阳刚之美的体现。"劲健"的内在精神就是阳刚之美。

二是"劲健"呈现出心神飞扬、气势磅礴的无穷张力。《二十四诗品》首先对"劲健"做了形象化的表达。"行神如空,行气如虹",用"神"和"气"表现了力量之美。"行神如空",是精神的飞扬如天马行空,来往无阻,无迹可求。"行气如虹",是指气势的运行如贯日长虹,一往无前而充盈持久。"巫峡千寻,走云连风",说的是巫峡峭壁千寻,有风卷云舒的奔涌。"劲健"表现为神丰气足。项羽的《垓下歌》唱道:"力拔山兮气盖世,时不利兮骓不逝。骓不逝兮可奈何,虞兮虞兮奈若何!""力拔山兮气盖世",是这首诗的最精彩之处,一开始就显得刚劲有力,力量极大,可以拔起大山;英雄盖世,无与伦比,表现了对自己才能和勇气的自信、自豪。然后表达了对时局不利的悲伤,更有对无力保护自己心爱女人的无奈。这首诗是劲健的,又充满柔情,刚中有柔,既是"侠骨柔情",又有"剑胆琴心"。

巫峡云涛图 〔明〕谢时臣

王维的诗歌大多清新、秀美,但也有劲健之作,他善于以疏散的线条和劲健的笔力描写雄伟的名山。如《终南山》:"太乙近天都,连山接海隅。白云回望合,青霭入看无。分野中峰变,阴晴众壑殊。欲投人处宿,隔水问樵夫。"这首诗夸张地描写了终南山的辽远地势、高耸山势以及天地的广阔,以世外鸟瞰的高度集合了多方的视觉,构成了一幅远超画境的全景图,表现出终南山云际变幻、阴晴不一的雄姿。

　　三是"劲健"来自于"蓄素守中"的实力。"张力"其实是实力的表现。"劲健"的力量是由内在的积蓄形成的。"饮真茹强,蓄素守中","饮"和"茹"都有摄取的意思。"真"是元气,"强"是强力。这是说饱收真元之气,摄取生命强力,积聚心地的纯静,坚守一己之本真。这两句指出了"劲健"形成的本质条件是强化生命的内在元素,聚精会神,凝神聚气,超越功利的欲念,自然会爆发出巨大的力量。无欲则心静,心静则专一,专一则力量生。这就是"精诚所至,金石为开"的道理。正由于"蓄素守中",所以也就能"喻彼行健",就是在诗中自然流荡起刚劲之气,从而形成沉雄的气象,呈现出壮美的特性。王昌龄的《塞下曲四首·其二》云:"饮马渡秋水,水寒风似刀。平沙日未没,黯黯见临洮。昔日长城战,咸言意气高。黄尘足今古,白骨乱蓬蒿。"这首诗超凡壮逸,意志刚健,声调高亢,饮马沙河横渡秋水,水寒刺骨,风冽似刀,透出刚毅、豪迈的气质。大漠夕沉,残阳如血,暮霭苍茫长城逶迤,写出了宏阔的境界,刚健自然。遍地黄尘弥漫今古,古人白骨乱弃蓬蒿,描绘战争之惨死和残酷,气氛悲壮。

四是"劲健"的最高境界是出神入化的神力。"天地与立,神化攸同",讲的是和天地共存,与造化同在。《周易·说卦传》:"神也者,妙万物而为言者也。"神化攸同,就是加入到天地阴阳变化的节奏之中,是遒劲气势和天地共存而磅礴,是所蓄的刚健之力与造化同强而雄放。最后两句"期之以实,御之以终",指力之强、气之盛必须充实而不虚骄,并且一以贯之,有始有终。卢纶有一首诗写了将军李广的神力。《和张仆射塞下曲·其二》云:"林暗草惊风,将军夜引弓。平明寻白羽,没在石棱中。"这首边塞小诗,写的是李广将军猎虎的故事,取材于汉代史学家司马迁记载名将李广事迹的《李将军列传》。原文是:"广出猎,见草中石,以为虎而射之中,中石没镞(箭头),视之,石也。"诗的前两句写事件的发生:深夜,山林里一片昏暗，突然狂风大作，草丛被吹得唰啦啦起伏抖动；猎人恍惚间感觉有一头老虎扑来，他眼疾手快，拉满弓一箭射出……后两句写的是事件的结果：第二天清晨，将军记起昨晚林间之事，顺原路来到现场，他不禁大吃一惊，明亮的晨光中，分明看见被他射中的原来不是老虎，而是一块大石头，那支白羽箭竟深深地射进石棱里去了！诗句"没在石棱中"表现了李广将军的英武和力量，于是，一位武艺高强、英勇善战的将军形象，巍然屹立在了我们眼前。

（三）"劲健"例说

1. 观猎

〔唐〕王维

风劲角弓鸣，将军猎渭城。

草枯鹰眼疾，雪尽马蹄轻。

忽过新丰市，还归细柳营。

回看射雕处，千里暮云平。

【译文】

角弓上箭射了出去，弦声和着强风一起呼啸！将军的猎骑，飞驰在渭城的近郊。

枯萎的野草，遮不住尖锐的鹰眼；积雪融化，飞驰的马蹄更像风追叶飘。

转眼间，猎骑穿过了新丰市，驻马时，已经回到了细柳营。

凯旋时回头一望，那射落大雕的地方，千里无垠，暮云笼罩，原野一片静悄悄。

【鉴赏】

《观猎》这首诗，写出了将军的劲健。诗的内容不过是一次普通的狩猎活动，但王维写得激情洋溢，劲健有力。

诗的开篇是"风劲角弓鸣"，未及写人，先全力写景，风声与角弓声彼此相应：风之劲由弦的震响听出；弦鸣声则因风而益振，能使人去想象那"马作的卢飞快，弓如霹雳弦惊"的射猎场面。然后用"角弓鸣""鹰眼疾""马蹄轻"三个极具动感的词语点染，刻画了猎骑者的英姿飒爽。最后写情，"千里暮云平"，与当初风起云涌、出猎时的紧张气氛相对比，此时风定云平，踌躇满志。写景俱是表情，于景的变化中见情的消长，堪称妙笔。此处"射雕处"，有暗示将军的臂力强、箭法高之意。

这首诗巧妙地运用了先声夺人、侧面烘托和活用典故等艺术手段来刻画人物,虽是写日常的狩猎活动,但却栩栩如生地刻画出将军的骁勇英姿,感染力很强。在这首诗中王维所要表达的思想感情实为渴望效命疆场,坦露的是期盼建功立业的志向。

2. 房兵曹胡马诗

〔唐〕杜甫

胡马大宛名,锋棱瘦骨成。

竹批双耳峻,风入四蹄轻。

所向无空阔,真堪托死生。

骁腾有如此,万里可横行。

【译文】

房兵曹的这匹马是产自大宛国的名马,它那精瘦的筋骨像刀锋一样突出分明。

它的两耳如斜削的竹片一样尖锐,跑起来四蹄生风,好像蹄不践地一样。

这马奔驰起来,从不以道路的空阔辽远为难,骑着它完全可以放心大胆地驰骋沙场,甚至可托生死。

拥有如此奔腾快捷、堪托死生的良马,真可以横行万里之外,为国立功了。

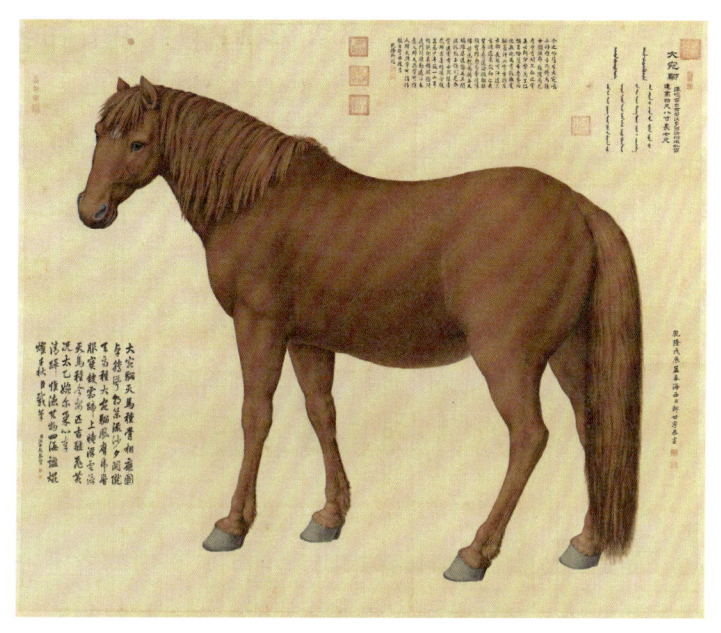

十骏图之大宛骝轴　〔清〕郎世宁

【鉴赏】

这是一首咏物言志诗。诗的风格超迈遒劲，凛凛有生气，反映了青年杜甫锐意进取的精神。

诗人一开始写物境，恰似一位丹青妙手，用传神之笔为我们描画了一匹神清骨峻的"胡马"：嶙峋耸峙，状如锋棱。接着写马耳如刀削斧劈一般锐利劲挺，这也是良马的一个特征。至此，骏马的高昂不凡已跃然纸上了,我们似见其咴咴喷气、跃跃欲试的情状,接着顺势写其四蹄腾空、凌厉奔驰的雄姿就十分自然了。

诗人接着写马的品格,由咏物转入了抒情。骏马纵横驰骋,掠地过都,有着无穷广阔的活动天地;它能逾越一切险阻的能力就足以使人信赖。这里运用了象征的手法,看似写马,实则写人,刻画了一个忠实的朋友、勇敢的将士、侠义的豪杰的形象。最后说"万里可横行",表达了无尽的期望和抱负,将意境开拓得非常深远。

这首诗既是写马驰骋万里,也是期望房兵曹为国立功,更是诗人自己志向的写照。盛唐时代国力的强盛、疆土的开拓,激发了民众的豪情,书生寒士都渴望建功立业,封侯万里。这种蓬勃向上的精神用骏马来表现确是最合适不过了。这首诗把马的劲健表现得淋漓尽致,抒发了诗人心中的豪情。

3. 和张仆射塞下曲·其三

〔唐〕卢纶

月黑雁飞高,单于夜遁逃。

欲将轻骑逐,大雪满弓刀。

【译文】

夜静月黑,雁群飞得很高,单于趁黑夜悄悄地逃窜。

正要带领轻骑兵去追赶,大雪纷飞落满了身上的弓刀。

【鉴赏】

这首诗写了将军雪夜准备率兵追敌的壮举,风格雄劲,气概豪迈。

诗由写景开始,"月黑雁飞高"描写了战前的紧张气势:雪夜月黑,本不是雁飞的正常时刻;而宿雁惊飞,透露出敌人正在行动。

接着,写了将军准备追敌的场面,气势不凡。"欲将轻骑逐",不仅描绘了轻骑快捷,同时也显示出一种高度的自信。当勇士们列队准备出发时,一场纷纷扬扬的大雪下了起来,虽然站立不过片刻,刹那间弓刀上却落满了雪花。他们就像一支支即将离弦的箭,虽然尚未出发,却满怀必胜的信心。

最后一句"大雪满弓刀"是对严寒景象的描写,突出表达了战斗的艰苦和将士们奋勇的精神。

这首诗仅仅二十个字,却写出了壮怀激烈和豪迈的气概:单于在"月黑雁飞高"的情景下率军溃逃,将军在"大雪满弓刀"的奇寒天气中准备率军出击。一逃一追,把紧张的气氛全部渲染了出来。诗句虽然没有直接写激烈的战斗场面,但留给了读者广阔的想象空间,表现了将军和士兵的神采飞扬和劲健之美。

二、"清奇":思清神飞 境奇意远

评价一个长得俊秀的美男子,常用一个词,即"骨格清奇"。"骨格"是一首诗的"主心骨",只有"骨格清奇",华丽的辞藻才有依附之体。最早关注"清奇"诗骨的是谢朓,李白在《宣州谢朓楼饯别校书叔云》中就咏出"蓬莱文章建安骨,中间小谢又清发"的诗句。"清奇"的诗骨到唐代时盛行起来,李白、王维、柳宗元的诗都有这一特色。

"清奇"表现为明丽淡雅而又新鲜奇峻,"清"相对于"浊","奇"相对于"常"。"清奇"是清与奇的融合,以"清"为底气,以"奇"为意象,构成清朗、奇异的审美世界。

(一)"清奇"释名

"清",形声字。从水,青声。《说文·水部》解释"清"字:"朗也,澄水之貌。"段玉裁注云:"朗

第四讲 诗骨之美:"劲健"与"清奇"

者,明也。澄而后明,故云澄水之貌。引申之,凡洁曰'清',凡人洁之亦曰'清'。同'净'。""清"字的本义,即指流水洁净透明的样子。

"奇",会意字。《说文·可部》:"奇,异也。一曰不耦。"清代段玉裁解释说:"异也,不群之谓。一曰不耦。奇耦字当作此。""耦"即"偶",不偶,说明"奇"表示一种特殊的、稀罕的、不常见的事物。

"清奇"具有澄清之美。"清"字从"水",表示水之澄清。大自然中的水以流动不息、善于洗涤的特质,历来为人们所赞颂,《诗经·魏风·伐檀》曰:"河水清且涟猗。"它代表新生、年轻、活跃生长的自然事物,表示一种清净、纯洁、富有生命力的美学特质。"清奇"是陪伴陶渊明"临清流而赋诗"的潺潺流水,亦是李白赞颂的"湖清霜镜晓,涛白雪山来"诗句中晓若明镜的湖水,也是《孟子》"沧浪之水清兮"的河水,还是林逋《山园小梅》中"疏影横斜水清浅,暗香浮动月黄昏"的溪水。

流水之所以有清澈之美,正如段玉裁所说的"澄而后明",是因其流动不息,故能清澈明亮,这是一个处于动态变化中的过程。水之"清"的特质,体现了人们对大自然之美的体悟。

"清奇"来自古人浪漫恣意的想象。《说文解字》解释"奇"为"不耦","耦"即"偶","奇"与"偶"相对,表示特殊的、不常见的,亦表示数目不成双。中国古代以数字中的奇为阳数,偶为阴数,两相对应。同时,"奇"从大,从可。组合起来,反映出了古人的好奇心理,展示了古人过人的想象力。

《山海经》是中国的志怪古籍,也是一部荒诞不经的奇书,内容涵盖了天文、地理、历史、气象、动物、医药等,记载了"夸父逐日""精卫填海"等不少脍炙人口的远古神话传说和寓言故事。古人认为该书是"战国好奇之士取《穆王传》,杂录《庄》《列》《离骚》《周书》《晋乘》以成者"。《国语》有言:"奇生怪。"这一题材的作品亦在中国古代文学史上留下了奇特的一笔。此外,又有东方朔的《神异经》、汉代张华的《博物志》、东晋干宝的《搜神记》等,明清以后更出现了大量荒诞离奇的神魔小说,如《西游记》《镜花缘》《封神演义》等,至今依然广为流传。

奇异的事物往往是新生的、未知的、令人期待的,甚至令人感到恐惧的,它可以高频、高效地传达出某种美学信息,以此刺激人的感官体验,使人更易于产生情感上的共鸣。所以,晋代陶潜在《移居》中写道:"奇文共欣赏,疑义相与析。"奇文,是指观点新颖,形式鲜明的文章是值得一起欣赏的,同时也不能一味地附和,也应善于质疑,应有自己的看法和主张。

"清奇"是一种大而异的美学特质。"奇"的上部是"大",下部是"可",取大而肯定之意。《荀子·非相》的注文中杨倞解释"奇伟"曰:"奇伟,夸大也。"由此可见,大而异的美学形态往往有一种崇高的、特殊的、压迫性的特质,这种"强大和新奇"的美学表达,契合了人类对原始美学的鉴赏心理。

人们大都喜欢欣赏大而异的山水之美。南朝梁文学家吴均的《与朱元思书》,便生动逼真地描绘出富春江沿途"奇山异水,天下独绝"的风光。何为"奇山"?有"争高直指,千百成峰"的山势之奇,仿佛它有无穷的奋发向上的生命力;有"好鸟相鸣,嘤嘤成韵"的空山天籁之奇,泉水、百鸟、猿猴等声音汇成一曲对生命的颂歌;有"横柯上蔽,在昼犹昏"的光影之奇。何为"异水"?有"水皆缥碧,千丈见底"的静态美,有"急湍甚箭,猛浪若奔"的动态美。动静、声色、光影之下的奇异山水，展示出了一幅充满生命力的自然大画面。

人们大都偏爱欣赏大而异的建筑之美。唐代杜牧的《阿房宫赋》，描写了"天下第一宫"阿房宫的神奇瑰丽。"覆压三百余里，隔离天日。骊山北构而西折，直走咸阳"，可见阿房宫规模空前、气势宏伟。"五步一楼，十步一阁；廊腰缦回，檐牙高啄；各抱地势，钩心斗角"，可见阿房宫建筑结构的参差错落、精巧工致。阿房宫里，风起云涌，为什么

富春江图轴　〔近现代〕黄宾虹

有长龙横卧？原来是一座长桥躺在水波上。不是雨过天晴，为什么出现彩虹？原来是天桥在空中行走。在文学家的奇异笔墨之下，如阿房宫这样高大而独特的建筑，显现出了更加神奇、诡幻的美学魅力。

人们大都崇尚大而异的英雄之美。唐代韩愈的《送董邵南游河北序》曰："燕赵古称多感慨悲歌之士。"表现出了对博大、奇异的人格魅力的推崇。如"士为知己者死"的侠士豫让，"风萧萧兮易水寒，壮士一去兮不复还"的刺秦英雄荆轲，"一声好似轰雷震，独退曹家百万兵"的张飞，"钢枪匹马冠三军，前后无双勇绝伦"的赵子龙，还有英勇抗日血染沙场、舍身报国的狼牙山五壮士……大而异的英雄形象，不只体现为身材魁梧、虎背熊腰、相貌清奇的体态之大、举止之异，更多的是一种敢作敢为、勇于牺牲的精神品质，一种高大卓绝的英雄品格。

（二）"清奇"析义

【原文】

娟娟群松，下有漪流。晴雪满汀，隔溪渔舟。
可人如玉，步屧寻幽。载瞻载止，空碧悠悠。
神出古异，淡不可收。如月之曙，如气之秋。

【译文】

苍翠秀美的松林,漾起波纹的溪流。天气初晴,小雪覆盖着沙滩,河的对岸,停泊着一叶渔舟。

俊逸的人如白玉般高洁,迈开脚步寻访幽静的美景。行止仰望,蓝天悠悠。

神采高雅,风度恬淡,自然魅力无穷。像黎明前的月光那样明净,如初秋时的天气那样清秀。

【析义】

司空图在这段话中,描绘了"清奇"的景象,揭示了"清奇"的高士和"清奇"的境界。

一是"清奇"表现为清雅脱俗的景象。"清"是清雅,是超越低俗、庸俗、媚俗,是超脱尘世的自然景象而散发出来的清奇之景。"娟娟群松,下有漪流。晴雪满汀,隔溪渔舟",描写了一个清新、秀丽的风景,有秀美的松林、清澄的小溪,水边的沙滩上满盖着白雪,溪的对面停着一个小舟。这个描写有如一幅风景画,俊逸的松林、涟漪的水流、阳光里的积雪、停放的小舟,表现出一片清雅、清静、空旷的景色,具有清幽之美,我们恍惚可以看到一幅清雅的图画。孟浩然的《夏日南亭怀辛大》云:"山光忽西落,池月渐东上。散发乘夕凉，开轩卧闲敞。荷风送香气，竹露滴清响。欲取鸣琴弹，恨无知音赏。感此怀故人，中宵劳梦想。"从山水自适的情怀，融入池月清光、荷风清香和竹露清响的气象中后，顿觉清旷爽朗。此外，其诗《句》中"微云淡河汉，疏雨滴梧桐"一句更是举座嗟其清绝。

二是"清奇"映照了品质高雅、风度闲雅的高士的心灵。"清奇"是君子之品行。"清"与"浊"相对，相比于流水之清浊，它更象征着一种人格品性。清澈的水如同一块明亮的镜子，能够清晰地映照世间万物，人

剡溪积雪图　〔清〕吴定

心亦当如光洁的明镜一样坦坦荡荡。水清可鉴物,心清可明理,因此,古人赋予了"清"以崇高的道德价值,甚至臻于君子之"道"的境界。《淮南子》云:"圣人守清道而抱雌节。"意思是圣人固守清纯之道、柔弱之节。《尚书·微子》曰:"身中清。"《楚辞·离骚》云:"伏清白以死直兮。"皆是把"清"视为人的一种重要的道德修养。"清奇"的这一风骨,来自于诗人的内心世界,只有"清心"才有"清诗"。为此,司空图说:"可人如玉,步屧寻幽。载瞻载止,空碧悠悠。"这四句写如玉之可人在清奇画境中的行止。可人,合心意者。如玉,指玉洁冰清的本质,玉有洁白、阳刚、润泽的质地,君子比德于玉。君子也应有如玉的品质。玉人,是说穿着木屐,不修边幅,悠闲散步,探寻幽趣,行行止止,停停看看,神态自若,心情淡泊,而天空碧蓝,无丝毫尘埃,真清奇之极也。

"清奇"的作品是诗人"清雅"心地的反映。一个心无杂念、清心寡欲的人能做到豁达开朗,坦荡知足,胸怀宽广,自然就神清气爽。

明朝正统年间,宦官王振以权谋私,每逢朝会,各地官僚为了讨好他,多献以珠宝白银。但巡抚于谦每次进京奏事，总是不带任何礼品。他的同僚劝他说："你虽然不献金宝、攀求权贵，也应该带一些著名的土特产如线香、蘑菇、手帕等物，送点人情呀！"于谦笑着举起两袖风趣地说："带有清风！""两袖清风"的成语从此便流传开来。他曾作过《入京诗》一首："绢帕蘑菇与线香，本资民用反为殃。清风两袖朝天去，免得闾阎话短长。"

绢帕、蘑菇、线香都是他任职之地的特产，只因官吏征调搜刮，反而成了百姓的祸殃。于谦在诗中表明自己的态度：我进京什么也不带，只有两袖清风朝天了。只有心地干净，才能清正廉明。心清才能身清，心中有一股清正的正气，则不怕被任何利益诱惑，也不怕被世间俗流所污染。

三是"清奇"以高古奇异为最高境界。"清奇"以"情"为前提，但又必须以"古异"为表现。"古异"是别出心裁，是超越平常，是别开生面，给人以新鲜、奇异的表现，使人如清风扑面，形成强烈的感受。司空图说"神出古异，淡不可收"，是讲精神境界之高古奇异，显示出心灵世界之极其淡泊，使人永远领略不尽。故如破晓时之月光，风清月朗；又如深秋时之空气，清新高爽。这就是"清奇"给人以耳目一新的感觉。

清代袁枚的《独秀峰》云：

> 来龙去脉绝无有，突然一峰插南斗。
> 桂林山水奇八九，独秀峰尤冠其首。
> 三百六级登其巅，一城烟水来眼前。
> 青山尚且直如弦，人生孤立何伤焉？

袁枚描写桂林山水中的独秀峰，谓其峰全然找不到来龙去脉，突然出现，高可入云，直插南斗星。桂林山水本来就十有八九奇绝卓异，而独秀峰更是首屈一指！这首诗写出了桂林山水之"奇"，更突显了独秀峰之"奇"。值得注意的是诗人的"数字美学"，如"突然一峰"，言其突兀；"奇八九"，以多衬少；"三百六级"，言其卓绝高耸之美；"一城烟水"，言其漫瀚浑然之美。

诗人最后以自然山水生发个人哲思——青山尚且可以矗立如琴弦，人生孤立无援又有何妨！寄寓自己孤高自守的品格，表现出一种独立之意志、自由之精神，展示出一种清奇的美学特质。

李商隐善于以现实生活经验想象神话中的情景，创造出独特的意境，如《嫦娥》："嫦娥应悔偷灵药，碧海青天夜夜心。"这一出奇的想象不但使咏月的题材有了新意,而且赋予了丰富的暗示:嫦娥之心可能是夜夜不寐的怨女之思的写照,这就赋予了咏月写情的新意。

(三)"清奇"例说

1. 宣州谢朓楼饯别校书叔云

〔唐〕李白

弃我去者,昨日之日不可留;

乱我心者,今日之日多烦忧。

长风万里送秋雁,对此可以酣高楼。

蓬莱文章建安骨,中间小谢又清发。

俱怀逸兴壮思飞,欲上青天览明月。

抽刀断水水更流,举杯消愁愁更愁。

人生在世不称意,明朝散发弄扁舟。

【译文】

弃我而去的,昨天已不可挽留;扰乱我心绪的,今天使我极为烦忧。万里长风吹送南归的鸿雁,面对此景,正可以登上高楼开怀畅饮。

先生的文章颇具建安风骨,而我的诗风,也像谢朓那样清新秀丽。我们都满怀豪情逸兴,飞跃的神思像要腾空而上高高的青天,去摘取那皎洁的明月。

好像抽出宝刀去砍流水一样，水不但没有被斩断，反而流得更湍急了。我举起酒杯痛饮，本想借酒消去烦忧，结果反倒愁上加愁。

啊！人生在世竟然如此不称心如意，还不如明天就披散了头发，乘一只小舟在江湖之上自在地漂流罢了。

【鉴赏】

这是一首饯别抒怀诗。在诗中，诗人感怀万端，既满怀豪情逸兴，又时时掩抑不住郁闷与不平，感情回复跌宕，一波三折，写出了句奇、境奇、意奇，表达了自己高洁、清逸的情怀。

诗的起首，用句奇表达了情感的起伏、波动。李白的许多诗都突破了律诗的格式，给人强烈的印象。诗以不被理解破题，破空而来，悲兀高远，横空而出。以一气鼓荡、长达十一字的长句，急迫如洪水奔发，奇崛似万冈壁立，生动形象地显示出诗人郁结之深、忧愤之烈、心绪之乱，以及一触即发、发则不可抑止的感情状态。

接着写了寥廓明净的秋空，遥望万里长风吹送鸿雁的壮美景色，不由得激起酣饮高楼的豪情逸兴，展现了一幅壮阔明朗的"万里秋空画图"，也展示出诗人豪迈阔大的胸襟。

最后，抒发了"清高""清逸"的志向。在"不称意"的苦闷环境中，寻找到"散发弄扁舟"这样放荡不拘、摆脱苦闷的出路，表达了诗人既不屈服于环境的压抑，也不屈服于内心的重压的自由个性。

这首诗的"清奇"在于思想感情的瞬息万变、波澜迭起，艺术结构奇特变幻，跳跃发展；语言激进高亢，不拘格律。全诗如歌如诉，情感起伏涨落，韵味深长，一波三折；章法腾挪跌宕，起落无端，断续无迹；音调激越高昂，达到了"清"与"奇"和谐统一的境界。

2. 山居秋暝

〔唐〕王维

空山新雨后，天气晚来秋。

明月松间照，清泉石上流。

竹喧归浣女，莲动下渔舟。

随意春芳歇，王孙自可留。

【译文】

新雨过后山谷里空旷清新，深秋傍晚的天气特别凉爽。

明月映照着幽静的松林间，清澈的泉水在缓缓淌流过碧石。

竹林中少女喧笑洗衣归来,莲叶晃动处渔船轻轻摇荡。

春天的美景虽然已经消歇,眼前的秋景足以令人流连。

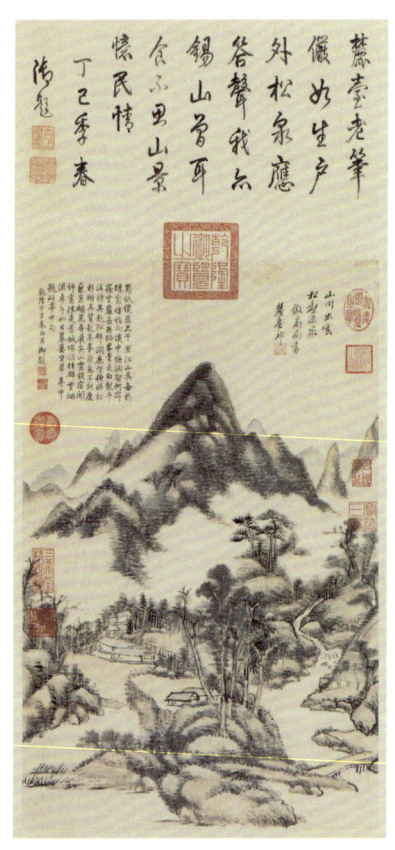

松壑流泉轴 〔清〕王原祁

【鉴赏】

这首诗为山水名篇，如着色的山水画卷，是秋天的伊甸，是人间的桃源。首句"空山新雨后，天气晚来秋"，写出了山雨初霁的空气、万物的清新，加上处在初秋时节，更显景色之清幽。"明月松间照，清泉石上流"，天色已暝，却有皓月当空；群芳已谢，却有青松如盖。月光是如此柔和，写出了光影之清。山泉清洌，淙淙流泻于山石之上，有如一条洁白无瑕的素练，在月光下闪闪发光，生动地表现出了那幽清明净的自然之美！在这里风清气爽，朗月清幽，泉水清澈，描写出了一派"清奇"的景色。接着写"竹喧归浣女，莲动下渔舟"，竹林里传来了一阵阵欢声笑语，那是几位天真无邪的姑娘洗罢衣服笑逐着归来了；亭亭玉立的荷叶纷纷向两旁披分，掀翻了无数珍珠般晶莹的水珠，那是顺流而下的渔舟划破了荷塘月色的宁静。在这青松明月之下，在这翠竹青莲之中，生活着这样无忧无虑、勤劳善良的人们。在纯洁、安静、纯朴的环境里，诗人似乎找到了一个称心的世外桃源，情不自禁地说："随意春芳歇，王孙自可留。"诗人觉得"山中"比"朝中"好，洁净纯朴，可以远离官场而洁身自好，所以就决然归隐了。

3. 晚泊浔阳望庐山

〔唐〕孟浩然

挂席几千里,名山都未逢。
泊舟浔阳郭,始见香炉峰。
尝读远公传,永怀尘外踪。
东林精舍近,日暮空闻钟。

【译文】

经过了几千里江上扬帆,竟然都没遇到一座名山。
当我在浔阳城外泊了船,才看到香炉峰非同一般。
我曾读过慧远公的小传,其尘外之踪永使我怀念。
东林精舍虽然近在眼前,却徒然听到传来的钟声。

【鉴赏】

这首诗的最大特点是空灵和清淡。从清奇的环境写到心灵的清淡。诗的开篇便是"挂席几千里,名山都未逢",淡笔轻轻挥洒,勾勒出一片宽广的大自然,我们仿佛看到诗人的轻舟掠过了千里烟波江上的无数青山。接着,"泊舟浔阳郭,始见香炉峰",描摹出诗人举头见到庐山在眼前突兀而起的惊喜神态。这四句如行云流水,一气直下,以空灵之笔叙事,感情平实。

诗歌的后半部分怀古寄情,诗人想起了曾经在香炉峰麓建造"东林精舍",带领徒众"同修净业"的高僧慧远。此刻,东林精舍就在眼前,而远公早已作古人,诗人因此而感到惆怅和感伤。诗的末尾,写夕照中从东林寺传来一阵悠扬的钟声,把诗人惆怅、怀念的感情衬托得更为深远。

这首诗流露出诗人对隐逸生活的欣羡,企图超脱尘世的思想;在艺术上,诗人以简淡的文字描写出景物和人物的风貌,表现了丰富的情意,给人以言简意赅、语淡味醇、意境清远、韵致流溢的感受。

第五讲 诗格之美

「高古」与「典雅」

第五讲 诗格之美:"高古"与"典雅"

"雅俗"是中国古典美学关于艺术格调和审美趣味的一对概念。"雅"指典雅纯正的艺术风格与高雅清逸的审美格调和趣味。"俗"指浅显通俗的艺术风格与粗浅低俗的审美格调和趣味。在先秦至唐宋之间,"尚雅鄙俗"是审美的主流。《论语·阳货篇》中说:"子曰:'恶紫之夺朱也,恶郑声之乱雅乐也。'"汉代刘向认为:"雅颂之声动人,而正气应之。"刘勰把"正雅"作为评价文学品第的标准:"四言正体,以雅润为本。"(《文心雕龙·定势》)唐代皎然称:"俗有二种:一鄙俚俗,二古今相传俗。"(《诗议》)南宋朱熹也说:"为诗须先识得雅俗向背,要使方寸之中无一字世俗言语意思。"(《朱文公集·答孔仲世》)宋元以后,雅俗从对立走向融合。明代李开先提出:"真诗只在民间。"(《市井艳词序》)他认为评价诗歌的标准应当是"雅俗俱备"(《西野春游词序》)。李渔也提出"雅俗同欢,智愚共赏"(《闲情偶寄》)的主张。中国美学审美趣味大致的发展脉络是:从鄙俗向雅到雅俗共赏,化俗为雅。

中国诗歌美学的格调从主旋律上看,主要追求的是"高雅",这是因为"阳春白雪"的东西是精神的高贵、道德的高尚，艺术的典雅，可以给人精神享受，提升人的境界，给人一种向上的、正向的力量。为此，司空图在《二十四诗品》中大力倡导的美学格调是"高古"与"典雅"。

一、"高古"：浪漫自由　警策隽永

"高古"是中国诗歌的审美格调和追求，与"卑下"相对立。李白在《宣城青溪》一诗中云："山貌日高古，石容天倾侧。"张彦远的《法书要录·卷六》引窦蒙《述书赋》云："超然出众曰高。""除去常情曰古。"俗话说："站得高，看得远。"高，是一种站位，一种眼界，一种胸怀。古，则是一种历史眼光，是一种时代视角，也是以古鉴今。"高古"的格调，在诗歌美学上表现为高瞻远瞩的眼光、纵横古今的胸怀、以史为镜的睿智，具有古意、古情、古韵的格调。

（一）"高古"释名

"高"，象形字。甲骨文字像楼台重叠之形。《说文·高部》："高，崇也。象台观高之形。""高"的本义为由下至上距离大，离地面远。汉代王粲的《思友赋》曰:"登城隅之高观,忽临下以翱翔。""高观"指的是高大的宫观。

"古",会意字,从十,从口。"十"为数量,概言其多。"口"为人发声的器官。在文字出现以前,历史是通过口口相传把文化传承下来的。故"古"表示年代久远。《说文·口部》:"古,故也。"故"古"有年代久远、往昔、旧时等意。

对于中华民族而言,对高古的向往,是一种扎根于历史深处的记忆。高远辽阔的天空,高峻凌空的山峰,高耸入云的楼阁,悠久的古迹,每每都能引起人们的憧憬和慨叹。有的时候,是小心翼翼:"危楼高百尺,手可摘星辰。不敢高声语,恐惊天上人。"有的时候,是诗情豪壮:"南登杜陵上,北望五陵间。秋水明落日,流光灭远山。"

"高古"必须立足于登高望远。我们从有限的时间和空间进到无限的时间和空间,我们见到了天地宇宙的辽阔,也见到了天地万物的生生不息。"欲穷千里目,更上一层楼。"登高远望,俯仰古今,人们在登高之后,产生了一种人生感和历史感,引发了对于生命的感悟。这种感悟或许会带给人一种惘然,一种若有所失,何逊说:"青山不可上,一上一惆怅。"惆怅什么?也许是朝代兴衰,也许是人生沉浮。沈德潜也说:"余于登高时,每有今古茫茫之感。"在无限的时空中,个人的生命是如此渺小,因此,在登高之时愈加迷茫,感叹今夕是何年!

古人常常登高望远,视野如此宽广,触目所见都是无边无尽的景色,在饱览之后个人对人生也产生了新的领悟。无论是孔子的"登东山而小鲁,登泰山而小天下",还是杜甫的"会当凌绝顶,一览众山小",登到高处,将大千世界尽收眼底,纵情于乾坤天地间,那种壮阔与豪气也就揉入了心中。"不畏浮云遮望眼,自缘身在最高层。"浮云遮不了眼光,这是因为站在了最高层。登高望远,有广阔的视野;居高临下,有旷达的境界。这是眼界的开拓,也是自身境界的升华。

"高古"往往是怀古思今,产生无限感慨。自古以来的历史沉淀——古人、古事、古意、古风,让人们怀念,也让人们眷恋,让人们忍不住思念古代的人和事,思念古人的思想、意趣和风范,发出思古之幽情。韦应物的《阊门怀古》,叹一声"凄凉千古事,日暮倚阊门";刘禹锡的《西塞山怀古》,道的是"人世几回伤

第五讲 诗格之美:"高古"与"典雅"

赤壁图 〔金〕武元直

往事,山形依旧枕寒流";苏东坡的《念奴娇·赤壁怀古》,咏的是"大江东去,浪淘尽,千古风流人物";辛弃疾的《永遇乐·京口北固亭怀古》,说的是"舞榭歌台,风流总被雨打风吹去"。在他们的思古幽情里,既有对古人古事的追忆,也有对眼前现实的抒情。如唐朝马戴被贬,徘徊在洞庭湖畔和湘江之滨,触景生情,追慕前贤,感怀身世,写下了《楚江怀古》。说是怀古,其实是在抒发自己的感情,是因为自己怀才不遇,而身处此地,才很自然地想起屈原。又如杜甫游江陵、归州一带,访庾信故居、宋玉宅、昭君村、蜀先主庙、武侯祠,因古迹怀古人,同时也抒写自己的身世家国之感,遂作《咏怀古迹五首》。

"高古"是一种历史的沉淀、沉着,有古朴、沧桑之美。诗人笔下,有古老的道路,带着古旧的痕迹,

"田舍清江曲,柴门古道旁";有古老的渡口,带着岁月的沉积,"大江横万里,古渡渺千秋";有古老的驿站,匆匆行人无数,个个不相识,"古驿萧萧独倚阑,角声催晚雨催寒"。

中国的文化里的确有一种好古的氛围。我们经常看到这样的词:古雅、古意、古秀、古淡、古莽、浑古、苍古、奇古等,皆可用来评价书画、诗文。书画也好,诗文也罢,好像总会出现一些这样的画面:古木参天,古藤缠绕,山中藏古寺,山径似古道。这是中国文人试图通过这种古朴的风味,穿越时空,怀念过去,展望未来。

(二)"高古"析义

【原文】

畸人乘真,手把芙蓉。泛彼浩劫,窅然空踪。
月出东斗,好风相从。太华夜碧,人闻清钟。
虚伫神素,脱然畦封。黄唐在独,落落玄宗。

【译文】

道者乘风而行,手持一束芙蓉。经历了尘世的劫难后,留下缥缈空虚的踪迹。

月亮从东方升起,和风也有意伴从。华山的夜空碧蓝而宁静，倾听着清新的钟声。

保持质朴的感情，超脱世俗陈旧的习性。向往远世，寄托雅致的意趣，孤傲自赏，追寻理想之境。

【析义】

"高古"是中国诗歌美学中的核心概念之一，既是对历史的传承，又是对历史的发展，是人类的宇宙意识和时空审美观在诗歌中的体现。

"高古"两个字，"高"相对于"卑"，"古"相对于"今"。"高"指空间的广大、无限。"高"，可以俯视一切，瞭望远方。"古"，指时间的川流不息，是时间的无限，可以咏怀千载。"高古"组合起来是一种强烈的宇宙意识和生命意识，也是对时空的超越意识。诗人以"高古"的诗风穿越大千世界，纵横悠久的历史。"高古"自然是对历史的尊重，是对传统的继承。但司空图在这里强调"高古"的核心精神是"超出拔俗，内在超越"。"高"和"古"都具有无限性，作为物质形态的人在无限的时间中是非常渺小的，不可能与"天"比"高"，不能与"时"比"古"，唯有通过精神的提升、灵性的自由，实现对时空的超越。"高古"的诗风表现为如下特征：

"高古"的格调是超越时间，追求永恒。中国传统的审美意识主张通过时空的无限来丈量生命的价值，在高古寂历中寻找存在的意义。为此，"泛彼浩劫"讲的是对时间的超越。"劫"是佛家计算时间的单位，说明事物生成变坏的过程，浩劫形容经历了很长时间。"高古"在这里指时间久远，宇宙沧桑，茫无涯际，以见其古。"窅然空踪"，则是超越空间，飘然而去，这就是契合大化，无始无终。

"高古"的格调是超凡脱俗，违俗向道。司空图对此做了感兴象征式的喻示。"畸人乘真，手把芙蓉"，写了一个道人手持一束盛开的芙蓉，乘真气飞升。"月出东斗，好风相从。太华夜碧，人闻清钟"描写了这样的景象：月亮从东方升起，幽卷的清风也习习相随而来，而高高的太华山上，幽静的庭院中，飘来了悠扬的钟声。这是超凡脱俗的景象。在这里"高"是姿态，是境界的高，是高于世俗、高于现实世界功利的境界。"古"是情志古，是坚持本真、本性，是指自身贵洁而不同流合污，表现了"清高""古雅"。李白的《山中问答》云："问余何意栖碧山，笑而不答心自闲。桃花流水窅然去，别有天地非人间。"没有一点人世尘埃的污染,悠闲超脱而清净高洁。

"高古"的格调是超越时空而又与自然同化。空间的"高"与时间的"古"一旦结合,就让超凡脱俗与远离现世融为一体。那么,一种向往超越的境界就出现了。"虚伫神素,脱然畦封。黄唐在独,落落玄宗",是说一种超脱于尘世、与自然同化的精神境界。独寄心于黄帝、唐尧的太古纯朴之世,倾身于玄妙之宗旨。这种格调在表现方法上多为浪漫主义的风格,富于想象,大胆夸张,神采飞扬。"诗

庐山高图 〔明〕丁云鹏

仙"李白的诗歌是"高古"的典范。他在《庐山谣》中以超常的视野,写出了"登高壮观天地间,大江茫茫去不还。黄云万里动风色,白波九道流雪山"的壮丽景色,只有纵观天地,自然同化的境界才不落俗套,写出了高古之心志。

总之,"违俗向道,超越向美"是"高古"的审美格调,是诗人浪漫主义情怀的表现,是借古咏今的抒情,是对宇宙、对生命的沉思,具有很高的审美价值。

(三)"高古"例说

1. 游仙诗

〔晋〕郭璞

京华游侠窟,山林隐遁栖。

朱门何足荣,未若托蓬莱。

临源挹清波,陵冈掇丹荑。

灵溪可潜盘,安事登云梯。

漆园有傲吏,莱氏有逸妻。

进则保龙见,退为触藩羝。

高蹈风尘外,长揖谢夷齐。

【译文】

京城里,游侠出没,山林则是隐者居住的处所。

豪贵之家有什么值得荣耀的？不如归隐，寄身仙山。

渴了就水源处掬饮清凉的泉水，饿了就到山里采食灵芝。

灵溪这个地方完全可以隐居，何必升天求仙呢？

庄子决心遁隐，不愿为官；老莱子的妻子有超逸的节操。

只有安心做"潜龙"的人，在行动上才能保持做"见龙"的自由，

否则只知追求仕途，结果必然像"羝羊触藩"那样，碰得头破血流。

何不如辞别伯夷、叔齐而去，完全超乎尘世之外。

【鉴赏】

郭璞的代表作《游仙诗》顺应了时代风尚而又超拔于时代风尚。诗虽以"游仙"为题，却并不沉迷于虚幻的仙境。诗人把隐逸和游仙合为一体来写，抒发的情绪是生活于动乱时代的痛苦和高蹈遗世的向往，但内中又深藏着不能真正忘怀入世的矛盾。

开头以"京华游侠窟"与"山林隐遁栖"两种不同生活方式相互对照。"游侠"主要是指贵族子弟呼啸酒

市、奢华放浪的行径,相比于这种热烈浪漫、尽情享乐的人生,山林隐遁者,却是孤独而清冷、远隔于尘世之外的。两者之间,如何取舍?"朱门何足荣"是对前者的否定,"未若托蓬莱"是对后者的肯定。双起之后,一扬一抑,转入主题。朱门虽荣,贵游虽乐,却是倏忽变迁,过眼烟云,不具有超世的永恒。

接着,诗歌描写了隐士的生活。他们在澄澈的水源上掬饮清波,又攀上高高的山岗采食初生的灵芝。诗人引用古代贤哲的事例,表达了向往自由、脱俗的生活。"漆园有傲吏"指庄子,他做过漆园地方的小吏。庄子和老莱子曾拒绝楚王的厚官聘请。"高蹈风尘外,长揖谢夷齐。"伯夷、叔齐,是古人称颂的贤者,曾互让王位而逃到西伯昌(周文王)那里;后来武王伐纣,他们又为了忠于商朝而不食周粟,饿死在首阳山。但在魏晋人看来,这种大忠大贤,仍然是牵绊于尘世、伤残人生的本性,远不如高蹈于人世风尘之外,摆脱一切世俗的羁绊。这是这首诗的主题,指出隐逸遁世,高蹈于世,不在于身处何方,而在于心的超逸,在于心超脱于尘世。

2. 使至塞上

〔唐〕王维

单车欲问边，属国过居延。

征蓬出汉塞，归雁入胡天。

大漠孤烟直，长河落日圆。

萧关逢候骑，都护在燕然。

【译文】

乘单车想去慰问边关，路经的属国已过居延。

千里飞蓬也飘出汉塞，北归大雁正翱翔云天。

浩瀚沙漠中孤烟直上，无尽长河上落日浑圆。

到萧关遇到侦候骑士，告诉我都护已在燕然。

【鉴赏】

《使至塞上》描绘了塞外奇特壮丽的风光，表现了不畏艰苦、以身许国的守边战士的爱国主义精神。此诗叙事精练简洁，画面奇丽壮美，境界高远。

诗人从描写边塞的风景入手。作者出使，恰在春天。途中见数行归雁北翔，触景生情，即景设喻，用归雁自比，既叙事，又写景，一笔两到，贴切自然。尤其是"大漠孤烟直，长河落日圆"一联，写进入边塞后所看到的塞外壮丽风光，画面开阔，意境雄浑，词人王国维称之为"千古壮观"的名句。边疆沙漠，浩瀚无边，所以用了一个"大"字，描写沙漠的广大。边塞荒凉，没有什么奇观异景，烽火台燃起的那股浓烟就显得格外醒目，因此称作"孤烟"。一个"孤"字写出了景物的单调，紧接一个"直"字，却又表现了它的劲拔、坚毅之美。沙漠上没有山峦林木，那横贯其间的河流，就非用一个"长"字不能表达诗人的感觉。落日，本来容易给人以感伤的印象，这里用一个"圆"字，却给人以亲切温暖而又苍茫的感觉。一个"圆"字，一个"直"字，不仅准确地描绘了沙漠的景象，而且表现了作者的深切感受。诗人将自己的孤寂情绪巧妙地融化在对广阔的自然景象的描绘中，立意高妙，意境深远。

3. 登高

〔唐〕杜甫

风急天高猿啸哀，渚清沙白鸟飞回。

无边落木萧萧下，不尽长江滚滚来。

万里悲秋常作客，百年多病独登台。

艰难苦恨繁霜鬓，潦倒新停浊酒杯。

【译文】

风急天高猿猴啼叫显得十分悲哀，水清沙白的河洲上有鸟儿在盘旋。

无边无际的树木萧萧地飘下落叶,望不到头的长江水滚滚奔腾而来。

悲对秋景感慨万里漂泊常年为客,一生当中疾病缠身,今日独上高台。

历尽了艰难苦恨,白发长满了双鬓;衰颓满心,偏又暂停了消愁的酒杯。

杜甫诗意图册 〔清〕王时敏

【鉴赏】

杜甫的《登高》写了生活的艰难、潦倒、愁苦,给人一种萧瑟荒凉之感。这首诗情景交融,融情于景,将个人身世之悲、抑郁不得志之苦,融于悲凉的秋景之中,气势浩大,意境沉郁,最具有特色的是高古,"高"是"苍"天地于形内,"挫"万物于笔端。"古"是对仗工整,古朴典雅。明代胡应麟评价这首诗:"一篇之中句句皆律,一句之中字字皆律。而实一意贯串,一气呵成。"不只"全篇可法",而且"用句用字""皆古今人必不敢道,决不能道者"。它能博得"旷代之作"(胡应麟《诗薮》)的盛誉,就是理所当然的了。

二、"典雅":端正庄重 雅致味远

"典雅"两字,从字面上看,"典"是规范、榜样;"雅"是正统、端庄,指的是尚古、正雅、庄重的文风;从美学的角度看,"典"指的是古色古香的感觉,"雅"是清高脱俗的风韵,其格调表现为优雅细腻的生活趣味、文质彬彬的行为范式、风流潇洒的人格境界。"典雅"与"高古"相伴而行,都属于高雅的格调,"高古"侧重于对时空的超越,而"典雅"则侧重于对生活品位、情趣的追求,是中唐以来诗人创作的突出审美风范。

(一)"典雅"释名

"典",会意字。甲骨文的"典"字为 ![字形], 上面是册,下面是一双手,是双手捧册之形。《说文》:

第五讲 诗格之美:"高古"与"典雅"

"典,五帝之书也。""典"的本义指重要的文献、典籍。《尔雅·释言》:"典,经也。"具有权威性、典范性的著作称为经典。

"雅",形声字,从隹,与鸟有关,牙声。《说文·隹部》:"雅,楚乌也,秦谓之雅。"本义为鸟名,乌鸦的一种。后来,"雅"的本义大多不用了,现延伸为以下几个意思:一是指雅正,如《诗经》中配以雅正的诗篇,如大雅、小雅;二是指中正,如"子所雅言,诗、书、执礼皆雅言也";三是指高尚,不粗俗;四是指敬辞,如"敬请雅正"。"雅"是中国古代审美体系中与"俗"相对的一个审美范畴,我们常常把"阳春白雪"的作品称为高雅的艺术。人们认为太雅了会"曲高和寡",但太俗了则会低级下流,最好的作品是"雅俗共赏"。"典雅"包含如下内涵:

"典雅"是对历史和文脉的传承。"典"指浓缩之后的具有典范性的作品。这些经典是文化精华,是对人生和社会规律的揭示,是跨越时空而经久弥新的思想,是闪耀着精神光芒的著作。"典雅"表现了对中华传统文化的自信、自尊和自爱。在艺术作品中,特别是在诗歌中,"典雅"表现为具有浓厚的文化气息和人文情怀，表现为充满深意、风韵、古朴。

"典雅"表现为心胸广阔，气度宽宏。"雅"字从"隹"，"隹"是一种鸟。鸟在广阔无垠的长空中恣意翱翔，是高瞻远瞩之物；它胸揽天地，胸怀开阔，气度自然与天地同宽。故引申出心胸广阔、气度宽宏之义，也就是我们现在所说的"雅量"。

何谓"雅量"？雅量即有宽容的气度，亦即善于换位思考，具有包容的胸怀，对他人的看法与观点能做到容忍、尊重。正所谓："高怀同霁月，雅量洽春风。"与人共事有雅量，可以减少摩擦，增进和谐。无容人之量，岂能成大用之才？况且金无足赤，人无完人，想要成就一番大业，就必须懂得宽以传人。

"典雅"是脱离低俗，追求高雅。"雅"字有"隹"，"隹"古义为高峻，与低俗相对，"雅"就是要脱离低俗，追求高雅。高雅并非指奢侈。其实奢侈并不等同于雅，还容易流于俗。高雅的人，是指品行高尚，脱离低级趣味，不为世俗物欲所驱，心超然于追名逐利的俗流之外。

（二）"典雅"析义

【原文】

玉壶买春，赏雨茅屋。坐中佳士，左右修竹。

白云初晴，幽鸟相逐。眠琴绿阴，上有飞瀑。

落花无言，人淡如菊。书之岁华，其曰可读。

【译文】

用玉壶载酒游春，在茅屋赏雨自娱。座中有高雅的名士，左右有秀洁的翠竹。

初晴的白云飘动，深谷的鸟儿相追逐。绿荫下倚琴静卧，顶上瀑布飞珠。

花片轻落，默默无语，幽人恬淡，宛如秋菊。这样的胜境写入诗篇，值得欣赏品读。

【析义】

"典雅"在诗歌的格调上体现为正派庄重，优美不俗。"典雅"是为人为诗的范式。"典雅"体现了厚重的历史感，表现出具有权威性、浓厚的文化气息，是一种淡逸的风雅。从司空图阐述的内容看，"典雅"具有如下特征：

"典雅"更多地追求精神享受。人皆有欲望，既有物质欲望，也有精神欲望。假如一个人仅仅满足于物质需求，而忽视了精神需求，那么就难以免俗。在基本的生活需要得到满足以后，则应努力追求优雅的生活情趣。这种情趣对文人雅士来说，"琴棋书画诗酒花"是最基本的内容。为此，司空图对"典雅"的生活情趣做了生动的描绘："玉壶买春，赏雨茅屋。坐中佳士，左右修竹。白云初晴，幽鸟相逐。眠琴绿阴，上有飞瀑。"这里写的是文人雅士的居室及其悠闲的生活情状：茅屋周围是修长的竹林，桌子上放一壶春酒慢酌慢饮，自由自在地坐在茅屋内赏雨。在一个十分幽静的环境之中，雨后初晴，天高气爽，幽鸟戏逐，欢歌和鸣。此时"雅士"走出屋外，闲步赏景，置琴于绿荫之下，面对飞瀑抚琴吟诗，人境双清，雅致极矣。这里描绘的"雅"，首先是"人雅"，有"佳士"相伴，这个"佳士"博学多才，品行优良，风度翩翩，器宇轩昂。正如《陋室铭》中所说的"往来无白丁"，"佳士"是文友，是知心朋友，也可能是棋友、酒友等。其次是"境雅"，"玉壶"之精致，有"修竹"之景致，有"幽鸟"之幽雅，有"倚琴静卧"之古雅。在这里强调的是君子的意象，语其有如竹的气节、如竹的虚怀、如竹的清静、如竹的正直。这里描述的是名士风流的典雅的品性,生活方式和生活态度。

"典雅"是超越世俗的淡泊心志。世上熙熙攘攘,世人大多为利来,为利往。世俗的人为金钱、权力、地位、名望而无休止地追索和奔忙,为物质所奴役,最后往往不知为谁辛苦为谁忙。"典雅"追求超越世俗的羁绊,讲求有情趣的生活和精神的自由。为此,司空图在这里讲"落花无言,人淡如菊"。"人淡如菊",讲的是雅士如同菊花一样,隐逸、坚贞,有为不争。从不做大红大紫的张扬,只是淡泊地开,无言地谢,洒脱,自如。

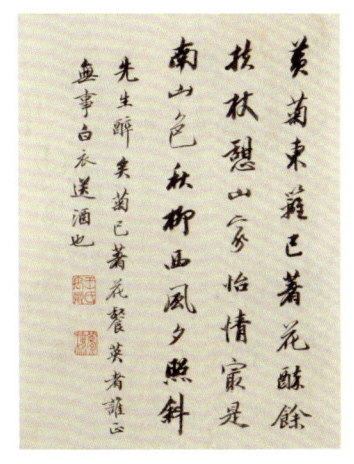

陶渊明诗意图 〔清〕石涛

"典雅"是讲究古风古韵的古典风格与讲究心灵自由的浪漫主义风格的统一体。"典"以史为经，"雅"以趣为纬，构成了合乎自然、人生秩序的格调。于是，司空图说："书之岁华，其曰可读。"这是指时光流淌，自然之物在变化。心契大化流行的节奏，也别有情致。将这样的体会记录下来，一定是可读的佳作。"书之岁华"既是对经典的传承，又是对经典的弘扬。在艺术上表现为古典与浪漫的结合。张九龄的《望月怀远》是一首典雅而又富有情韵和格调的诗歌："海上生明月，天涯共此时。情人怨遥夜，竟夕起相思。灭烛怜光满，披衣觉露滋。不堪盈手赠，还寝梦佳期。"这首诗语淡情浓，笔法古雅。海上明月照遍天涯，情人的相思也随月光满盈在白露湿润的长夜里。月华、风露、灭烛、披衣，仿佛见到诗人踯躅徘徊的身姿，呈现了悠扬婉转的音调和惆怅悠远的情思，将人带进了梦幻般的意境。这是"典雅"的代表作之一。

"典雅"蕴含着中华传统文化的精神色彩，恪守"典雅"的诗歌格调的诗人，总是约三五知己悠然于林间，受山水之感兴，发生命之慨叹，饮酒唱和，陶醉于大自然的美景之中，挥洒笔墨，写就一篇篇富有情趣的诗篇。

（三）"典雅"例说

1. 秋登兰山寄张五

〔唐〕孟浩然

北山白云里，隐者自怡悦。

相望试登高，心随雁飞灭。

愁因薄暮起，兴是清秋发。

时见归村人，沙行渡头歇。

天边树若荠，江畔舟如月。

何当载酒来，共醉重阳节。

【译文】

面对北山岭上白云缥缈起伏，我这隐逸之人自己能把欢欣品味。

试着登上高山是为了遥望，心也随着鸿雁远去高飞。

薄暮总会引发忧愁的情绪，兴致往往是清秋招致的氛围。

在山上时时看见回村的人们，走过沙滩坐在渡口憩息歇累。

远看天边的树林活像是荠菜，俯视江畔的小船好像弯月。

什么时候载酒到这里来？重阳佳节咱们开怀畅饮共醉。

【鉴赏】

这是一首临秋登高远望、怀念旧友的诗。张五，名子容，隐居于襄阳岘山南约两里的白鹤山。孟浩然的园庐在岘山附近，因登岘山对面的万山以望张五，并写诗寄意。全诗情随景生，以景烘情，情景交融，浑为一体，"情飘逸而真挚，景情淡而优美"，为孟诗的代

和风烟雨图轴　〔明〕胡皋

表作之一。诗人怀故友而登高,望飞雁而孤寂,临薄暮而惆怅,处清秋而发兴,自然希望挚友到来一起共度佳节。"愁因薄暮起,兴是清秋发""天边树若荠,江畔舟如月",诗中句句写登高远景,语语述念挚友深情。秋日之白云,南飞之大雁,回归之村人,停泊之渡船,天边之远树,明月之江洲,开怀之痛饮,遇景入咏,格调高雅、壮逸、冲淡。

2. 辋川闲居赠裴秀才迪

〔唐〕王维

寒山转苍翠,秋水日潺湲。

倚杖柴门外,临风听暮蝉。

渡头余落日,墟里上孤烟。

复值接舆醉,狂歌五柳前。

【译文】

黄昏时寒冷的山野变得更加苍翠,秋水日夜缓缓流淌。

我拄着拐杖伫立在茅舍的门外,迎风细听着那暮蝉的吟唱。

渡口一片寂静,只剩斜照的落日,村子里升起缕缕炊烟。

又碰到狂放的裴迪喝醉了酒,在我面前唱歌。

【鉴赏】

本首诗表现的是景雅、情雅,人也雅。诗一开始写山水原野的深秋晚景,苍翠的寒山、缓缓流动的秋水、渡口的夕阳、墟里的炊烟,有声有色,动静结合,勾勒出一幅和谐幽静而又富有生机的田园山水画。诗歌接着写诗人与裴迪的闲居之乐。倚杖柴门,临风听蝉,把诗人安逸的神态、超然物外的情致写得栩栩如生;醉酒狂歌,则把裴迪的狂士风度表现得淋漓尽致。全诗物我一体,情景交融,诗中有画,画中有诗。这是一首诗、画、音乐完美结合的五言律诗。山水田园的深秋暮色与风光人物交替行文,相映成趣,形成物我一体、情景交融的艺术境界,抒写了诗人的闲居之乐和对友人的真切情谊。

3. 寄全椒山中道士

〔唐〕韦应物

今朝郡斋冷,忽念山中客。
涧底束荆薪,归来煮白石。
欲持一瓢酒,远慰风雨夕。
落叶满空山,何处寻行迹。

第五讲 诗格之美:"高古"与"典雅"

【译文】

今天斋舍里很冷,忽然想起了山中隐居之人。

你一定在涧底打柴,回来以后煮些清淡的饭菜。

想带着一瓢酒去看你,让你在风雨夜里得到些安慰。

可是秋叶落满空山,什么地方能找到你的行迹?

【鉴赏】

这首诗记录了清秋风雨之夕,诗人想以酒远慰全椒山中道士的情景。诗歌从"念"字出发,通篇点染,情趣超脱,全首无一字不佳,语似冲淡,而意为典雅。写景之典雅:涧底束薪,无烟火气,无云雾光,一片空明,中有万象;写情之深厚,"欲持一瓢酒,远慰风雨夕",想拿一壶好酒慰问老朋友;写神之高妙,"落叶满空山,何处寻行迹",意欲杯酒对饮而行迹难寻,超妙自然,笔墨俱化。

这首诗,看来像描写一片萧疏淡远之景,引发人们共鸣的却是表面平淡实则深挚的友情。在萧疏中见出空阔,在平淡中见出真挚。情感和形象的配合十分自然,有如"化工之笔",自然有"典雅"之美。

第六讲

诗情之美

「豪放」与「悲慨」

第六讲 诗情之美:"豪放"与"悲慨"

情景交融,借物抒情,是中国诗歌的一个审美特征。这一审美理念,建立在"天人合一"这一中国传统思维方式之上。《易经·系辞传下》中说:"易之为书也,广大悉备;有天道焉,有人道焉,有地道焉。兼三才而两之,故六;六者,非它也,三才之道也。"孔子在这里指出《周易》的全部内容,只不过是天、地、人三才的统一与和谐而已。在《周易》中,天、地、人、自然与社会有一种同构关系,他们之间存在一种"互渗"的联系。宇宙一体、天人合一的思维取向使古代的艺术家深信,人心中要表达的情感都能在外在世界找到相应的事物和恰当的方式,因为宇宙是人的内在,万物是心的外化。人心之情与外景之景是相通相融的。所以,中国诗歌追求寓情于景,情景交融。李渔曾说:"说景即是说情,非借物遣怀,即将人喻物。"(《窥词管见》)刘熙载在《艺概·诗概》开篇指出:"《诗纬·含神雾》曰:'诗者,天地之心。'文中子曰:'诗者,民之性情也。'"中国传统诗歌的基本精神是写自然之态和抒世人之情,二者浑然一体。

情感是人的本性,一个健全的人是理性与感性的结合体。《礼记》云:"何谓人情?喜、怒、哀、惧、爱、恶、欲，七者弗学而能。"什么是人的情感？喜、怒、哀、惧、爱、恶、欲这七种感情是与生俱来的、生而有之的，只要是人，就有这些感情。

中国人十分重视情感，梁漱溟先生在《中国文化的命运》中说："中国之长处在有'伦理情谊，人生向上'两大精神。"的确，中华传统美德多与情相通："孝"是对父母长辈之情，"悌"是对兄弟姐妹之情，"忠"是君子之于国应有之情，"礼"是传情达意的待人之情。而在传统民俗中，更见情感之重要，大部分我们熟悉的传统节日均缘情而生：春节回家是为阖家团圆，清明扫墓是为敬祖寻根，中秋望月是为故土乡情，重阳登高是为孝亲敬老……真挚的情感是我们宝贵的精神财富，是构建和谐人际关系的纽带。

中华民族历来重真情、尚大义，对情感的珍视让每一个中华儿女都有所共鸣、有所感通。有情，使生活有了温度，人生有了意义，生命有了色彩。

诗歌是一门抒情的艺术，是古人表达情感最含蓄优雅的方式，摹景、状物、叙事都是为了抒情。

《毛诗序》中说："诗者，志之所之也。在心为志，发言为诗，情动于中而形于言，言之不足，故嗟叹之；嗟叹之不足，故咏歌之；咏歌之不足，不知手之舞之，足之蹈之也。"意思是说，诗是个人情态的抒发、表达。心中有情感而后用语言传达出来；意犹未尽，则继之以咨嗟叹息；再有不足，则继之以咏歌、手舞足蹈。

钟嵘在《诗品》中指出，诗歌缘于"摇荡性情"，他评价李陵"文多凄怆，怨者之流"，班婕妤"怨深文绮"，曹植"情兼雅怨"，王粲"发愀怆之词"，左思"文典以怨"，阮籍"颇多感慨之词"。这些诗人所抒发的哀怨之情，均与其坎坷、颠沛的人生际遇有关，绝不是为文造情而生硬造作的无病呻吟。

《诗品·序》曰："气之动物，物之感人，故摇荡性情，形诸舞咏。照烛三才，晖丽万有。灵祇待之以致飨，幽微藉之以昭告。动天地，感鬼神，莫近于诗。"意思是说，气感动了万物，万物感动了人类，由此感发起人的禀性情感，展现为舞蹈歌咏。想要以此来照耀天地与人类，辉映世间万物。祭祀天地有诗与舞咏，祷告鬼神也要凭借舞咏。要感动天地、鬼神，没有什么能超过诗歌了。

西晋陆机在《文赋》中说："诗缘情而绮靡。"

唐代白居易在《与元九书》中说:"感人心者,莫先乎情,莫始乎言,莫切乎声,莫深乎义。诗者,根情,苗言,华声,实义。""情"是根本,是构成诗美的主要因素。

苏东坡评价孟郊的诗说:"诗从肺腑出,出辄愁肺腑。有如黄河鱼,出膏以自煮。"这是说诗是从肺腑中流淌出来的,感情是真挚和热烈的。

诗是一种最长于抒情的文学样式。情感,不仅是创作的原动力,也是诗的存在价值。情感对于诗的重要作用,有如水之于鱼、空气之于鸟、阳光之于植物,没有情感就没有诗。可以说,感情是诗的血脉。许多诗歌之所以动人心魄,美不胜收,是因为字行里流淌着情感的血液。诗若无情,读之无味。

爱情是文学创作的主题,也是诗歌的主题,中国诗歌大量抒写爱情。"执子之手,与子偕老"(《诗经·邶风·击鼓》),"在天愿作比翼鸟,在地愿为连理枝"(白居易《长恨歌》),写的是对爱情的忠贞不渝;"曾经沧海难为水,除却巫山不是云"(元稹《离思》),写的是对爱情的追悔;"此情可待成追忆?只是当时已惘然"(李商隐《锦瑟》),写的是对爱情的惆怅;"日日思君不见君,共饮长江水"(李之仪《卜算子·我住长江头》),写的是爱情中的苦苦相思。

除了爱情,情感还有亲情、友情、思乡情、离别情、追思情、爱国情等,有人对人的情、人对物的情,有恻隐之情、怀古之情、对天地自然的感恩之情,等等。

在中国诗歌中,写情的高手是"诗圣"杜甫,他是一个"多情"诗人。他对人情的描写,质朴自然,荡气回肠,具有直抵人心的力量:在《自京赴奉先县咏怀五百字》中他写道"穷年忧黎元,叹息肠内热",表达了对黎民的同情;在《月夜》《羌村》等作品中,他写道"今夜鄜州月,闺中只独看。遥怜小儿女,未解忆长安""请为父老歌,艰难愧深情。歌罢仰天叹,四座泪纵横",咏叹亲情;在《梦李白》中用"死别已吞声,生别常恻恻"诉说了对友人深厚的友情;而在"三吏""三别"等作品中,他又满怀对黎民的深情、大爱,感叹"老妻卧路啼,岁暮衣裳单""存者且偷生,死者长已矣""生女犹得嫁比邻,生男埋没随百草"……字字句句流露出对贫苦百姓的悲悯之情;他在自家茅屋被秋风吹破时,想的仍然是"安得广厦千万间,大庇天下寒士俱欢颜"。

司空图在《二十四诗品》中把诗情之美作为诗歌美学的重要内容,这方面集中体现在"豪放"与"悲慨"两品之中,突出表达了"乐"与"悲"两种情感。下面,分别对这两品的美学内涵和特征进行分析。

一、"豪放":意气纵横 豪迈苍劲

"豪放",在中国古代美学中表现为豪迈奔放、气势雄浑的美学风格。清代杨廷芝解释豪放为"豪迈放纵",指出:"豪则我有可盖乎世;放则物无可羁乎我!"(《诗品浅解》)后来,根据这一说法,人们把宋词流派分为"婉约派"和"豪放派"。"婉约者欲其辞情蕴藉,豪放者欲其气象恢弘。"(徐师曾《文体明辨序说》)"婉约"是阴柔之美,"豪放"则是阳刚之美。

"豪放"作为诗人的性格特征和审美品质,特点是气势豪迈,情感纵放,想象瑰丽。在《二十四诗品》中"豪放"与"雄浑""劲健"同属阳刚型的壮美范畴,但"豪放"与他者又有所差别。"雄浑"强调的是"与

第六讲 诗情之美:"豪放"与"悲慨"

万物同体"的境界,"劲健"强调的是一种强大的力量之美,"豪放"则强调无拘无束的自由境界、豪情满怀的情感世界和飘逸旷达的性格。在中国诗歌中"豪放派"的杰出代表是李白,他的诗歌具有强烈的激情和豪迈的气魄,用丰富的想象、大胆的夸张、清新的语言、纵恣的风格,歌唱远大的理想,追求独立的人格和自由的精神,代表着中国诗歌发展的最高峰。

(一)"豪放"释名

"豪",形声字,从豕,高省声。"豕"会长毛,豪猪之意。《说文·豕部》:"豪豕鬣如笔管者,出南郡。"延伸指气魄大、声势大,也指有钱有势、直爽痛快的人。

"放",形声字。《说文·攴部》:"放,逐也。从攴,方声。凡放之属皆从放。""放"的本义为驱逐、流放。如司马迁在《报任安书》中所说:"屈原放逐,乃赋《离骚》。"在古代社会中,一般流放都是要到遥远的地方受苦役。虽然生活艰苦,但由于远离中央,缺少了严格的管制,人的行为便少了约束,由此不免放荡不羁,于是"放"又有了"放纵""放任""放荡"等含义。

豪放体现了一种高昂的精神状态。古文字中的"高",像高台的形状。这说明"豪"字的字义与高度有关。高大的形象展示了一种向上、向善的生命力。孔子说:"君子上达。"朱熹解释说:"君子循天理,故日进乎高明。"从美学的角度上看,高大的形象往往能够传达出人们高昂的精神、高远的眼光,契合于德行盈满的美学范式,呈现豪放、粗犷的形态,寻找到一种向上之美、向善之美。程颢在《秋日偶成》中写道:"闲来无事不从容,睡觉东窗日已红。万物静观皆自得,四时佳兴与人同。道通天地有形外,思入风云变态中。富贵不淫贫贱乐,男儿到此是豪雄。"这首诗展示了英雄的豪情气概:得到富贵不得意,就算贫穷也安乐,男儿达到这样的境界就算英雄豪杰了。

豪放有一种朴质之美。"豪"字从"豕",毚也,猪也。古文字中的"豕",像未被驯化的野猪的样子。许慎解释"豪"是"豕鬣如笔管者",意谓此字的本义是野猪身上如笔管一般粗壮的毫毛。"豪"字的产生,或与上古时代的狩猎生活密切相关,它展示出具有动物性的原始朴质的美学特性。《诗经》中赞美"硕人"时说"硕人其颀""有美一人,硕大且俨"。《尔雅·释

第六讲 诗情之美："豪放"与"悲慨"

诂》："硕，大也。"以硕人为美人，就是追求壮硕之美。现代学者朱自清说："古人'硕''美'二字为赞美男女之统词。"这种观念与古希腊人体雕塑所表现出来的精神是一致的。在恶劣的自然环境与较不发达的生产条件下，人在与动物角力的过程中，体验到了一种动物性的野蛮的美学特质。这种以高大壮硕为美的观点，应该说是人类从功利要求出发对人体美最早的认识。古人对狩猎之事的描写，正体现了这种对力量美的朴质追求。

豪放是一种痛快淋漓、无拘无束的表达。自古至今，许多文学艺术创作既在形式上显得豪迈放纵、不受约束，又在内容上体现出不受羁绊的真情释放，它为形式与内容提供了一种诗性的表达。宋代文学家苏轼是"豪放"一派的代表人物。他所作的词"自是一家"。苏轼曾经给他的朋友写信，说自己进行文学创作的时候写出了一阕词，"令东州壮士抵掌顿足而歌之，吹笛击鼓以为节，颇壮观也"。他的词突破了柳永的缠绵哀婉，另辟词风，所用乐器也不再是丝竹管弦，用柔美的歌声演唱，却改成了"东州壮士"一群汉子，还是拍着手、跺着脚、打着拍子唱的，一股豪迈之气昂然在焉。

苏轼在信中所说的这阕词，便是著名的《江城子·密州出猎》："老夫聊发少年狂，左牵黄，右擎苍，锦帽貂裘，千骑卷平冈。为报倾城随太守，亲射虎，看孙郎。酒酣胸胆尚开张。鬓微霜，又何妨！持节云中，何日遣冯唐？会挽雕弓如满月，西北望，射天狼。"

这阕词上片出猎，下片请战，不但场面热烈，音调嘹亮，而且满溢豪情壮志，顾盼自雄，精神百倍。同苏轼的其他豪放词相比，这是一首豪而能壮的诗词，将词中向来软媚的儿女情换成了孔武刚健的英雄气。

（二）"豪放"析义

【原文】

观化匪禁，吞吐大荒。由道反气，处得以狂。
天风浪浪，海山苍苍。真力弥满，万象在旁。
前招三辰，后引凤凰。晓策六鳌，濯足扶桑。

【译文】

观察世情的变化而不是禁止，心中装有大千世界，可以任意远翔；诗人从自然之道培育豪气，才能够文思昂扬。

豪迈之气如太空长风浩荡苍穹，那气势又好似大海、高山一片苍茫；精神活力时常饱满，内心总有驾驭万物之豪迈。

向前，能召唤日月星辰；从后，能挥手引来凤凰；拂晓时分乘坐六鳌飞驰而去，傍晚则洗足在太阳升起的扶桑。

【析义】

孙联奎在《诗品臆说》中云："豪，乃豪杰、豪迈之豪；对龌龊猥鄙言。放，非放荡，乃推放，对局促言；即放乎四海之放也。惟有豪放之气，乃有豪放之诗，若无其胸襟气概，而故为豪放，其有不涉放肆者鲜矣。太白《将进酒》、少陵《丹青引》诸篇，试一披读，当得其大略。"孙联奎在这里指出，豪放是豪迈、放逸。只有豪放之气，才有豪放之诗，豪放之诗来自于诗人。宽广的胸襟和豪逸的气度。李白的《将进酒》和杜甫的《丹青引》均为代表作。"豪放"建立在诗人精神解放和自由的基础之上，表现为直抒性情、不拘俗套、姿态烂漫，体现为想象丰富的浪漫主义情怀。从司空图的描绘中，我们可以看到"豪放"的三大美学特征：

一是豪放具有鲜明强烈的独立自由精神的色彩，

呈现出创造之美。"观化匪禁，吞吐大荒"，其中的"化"指大化，指宇宙中无时不存在的伴随自然的伟大运行与变化。这两句说的是，大千世界中包括诗人在内的众生万物都在伟大的时空轨迹中运行和变化，因此，自我对现实生态已无须固守，内心牵挂也不必拘执，一切委运大化，只有精神无所羁押才会有彻底的自由，心灵无所界限而可遨游广远，吞吐六合。"由道反气，虚得以狂"，这是依据了宇宙的大道，返归"原气"，这里指出了"豪放"的核心和基础建立在物我一体的基础之上，是循道而行，是正气内存，是盛大充沛之内在元气蕴及外在气势，所以表现出不受拘束、自由抒情的特征。李白的《月下独酌》写出了千古奇趣和旷达："花间一壶酒，独酌无相亲。举杯邀明月，对影成三人。月既不解饮，影徒随我身。暂伴月将影，行乐须及春。我歌月徘徊，我舞影零乱。醒时同交欢，醉后各分散。永结无情游，相期邈云汉。"裴敬评价李白"为诗格高旨远，若在天上物外，神仙会集，云行鹤驾，想见飘然之状"（《翰林学士李公墓碑》）。李白是豪放诗派的代表人物之一。《月下独酌》有奇思、旷志、妙悟。天上月、花前影、醉中人，一幻出三，千古奇趣，三者连珠,交互回环,月、影、我融为一体,若远若近、若即若离,似无情却有情,"行乐须及春""醒时相交欢",虽然孤独,但乃不失豪放、放逸。

二是"豪放"表现了直抒胸臆、淋漓尽致的激情。"天风浪浪,海山苍苍",以天风浩荡的气势和海山莽苍的境界来形容情感的丰富。"真力弥满,万象在

举杯邀月图 〔南宋〕马远

旁",指出元气极盛,情绪弥漫身心,万象纷呈,直抒情怀。"诗圣"杜甫的诗歌不但有沉郁的气派,也有"豪放"的风格。秦观评价杜甫说:"于是杜子美者,穷高妙之格,极豪逸之气,包冲淡之趣,兼峻洁之姿,备藻丽之态,而诸家之作所不及焉。"(《韩愈论》)杜甫《望岳》中云:"岱宗夫如何?齐鲁青未了。造化钟神秀,阴阳割昏晓。荡胸生层云,决眦入归鸟。会当凌绝顶,一览众山小。"诗写"望岳",写得奇绝,有远望之色、远望之势、细望之景以及极望之情。"会当凌绝顶,一览众山小",囊括万里,雄阔磅礴,表现了诗人昂扬向上、攀登绝顶、俯视一切的豪情,以及壮志凌云的气概和抱负。

三是"豪放"为充满激情的想象空间的扩大。"豪放"是一往情深的心灵世界,是放达的人生意志,是自信热烈的情怀,因此,呈现出来的是无限的想象力。"前招三辰,后引凤凰。晓策六鳌,濯足扶桑",这是超越时空、富有创造性想象的具体体现,能召唤日月星辰,能引来凤凰,晓则乘坐六鳌飞驰,暮则洗足扶桑。诗人"招"三辰、"引"凤凰、"策"六鳌、"濯足"于扶桑,表现了诗人的任意驰骋,构成了匪夷所思的意象，展开了创造性的想象。正是因为有"豪放"的想象力，故诗人常常采用夸张的手法，表现出了浪漫的诗情。李白的诗歌具有天真豪放的个性，他的许多诗歌想象奇特，思路跳跃，文风恣肆，手法夸张。如"飞流直下三千尺，疑是银河落九天"，对瀑布的直泻而下、水天一色的夸张，写出了瀑布的飘洒飞动之美和大自然的变化莫测；"白发三千丈，缘愁似个长"（《秋浦歌》）对白发的无限夸张，写出了深不可测的愁苦；他的心能随狂风"西挂咸阳树"，他的愁能"随君直到夜郎西"。李白善用豪放纵逸的气势驾驭瞬息万变的感情，把胸中的豪气融入自然景色，通过出神入化的想象重新组合成更加豪迈、壮美的意境。

"豪放"的诗情之美集中表现为浪漫主义的情怀。"浪漫主义"之核心思想在于个性解放和自由，使豪放的气概与浪漫的境界相结合。豪放萌芽于先秦，生发于汉，及于魏晋，曾悲壮慷慨，灿烂一时；至于唐代大兴李、杜之诗为盛唐诗歌的代表，皆以豪放为胜境。

李白的《梦游天姥吟留别》是"豪放"诗情的代表作：

> 海客谈瀛洲，烟涛微茫信难求；

越人语天姥，云霞明灭或可睹。

天姥连天向天横，势拔五岳掩赤城。

天台四万八千丈，对此欲倒东南倾。

我欲因之梦吴越，一夜飞度镜湖月。

湖月照我影，送我至剡溪。

谢公宿处今尚在，渌水荡漾清猿啼。

脚著谢公屐，身登青云梯。

半壁见海日，空中闻天鸡。

千岩万转路不定，迷花倚石忽已暝。

熊咆龙吟殷岩泉，栗深林兮惊层巅。

云青青兮欲雨，水澹澹兮生烟。

列缺霹雳，丘峦崩摧。

洞天石扉，訇然中开。

青冥浩荡不见底，日月照耀金银台。

霓为衣兮风为马，云之君兮纷纷而来下。

虎鼓瑟兮鸾回车，仙之人兮列如麻。

忽魂悸以魄动，恍惊起而长嗟。

惟觉时之枕席，失向来之烟霞。

世间行乐亦如此，古来万事东流水。

别君去兮何时还？

且放白鹿青崖间,须行即骑访名山。

安能摧眉折腰事权贵,使我不得开心颜。

这首写梦境的诗,把神话传说与对山水的真实体验融为一体,运用了丰富离奇的想象和奇特的夸张,创造了雄伟壮气与神妙虚幻相结合的艺术境界。诗歌从静谧优美的湖月转向绮丽壮观的海日,万转千折的山径通往令人战栗的层巅,想象丰富、夸张大胆,波澜起伏壮阔,最后用"安能摧眉折腰事权贵,使我不得开心颜",表达了诗人独立、自由的风骨和放逸的性格。

(三)"豪放"例说

1. 将进酒

〔唐〕李白

君不见黄河之水天上来,奔流到海不复回。

君不见高堂明镜悲白发,朝如青丝暮成雪。

人生得意须尽欢,莫使金樽空对月。

天生我材必有用,千金散尽还复来。

烹羊宰牛且为乐,会须一饮三百杯。

岑夫子,丹丘生,将进酒,杯莫停。

与君歌一曲,请君为我倾耳听。

钟鼓馔玉不足贵,但愿长醉不复醒。

古来圣贤皆寂寞，惟有饮者留其名。

陈王昔时宴平乐，斗酒十千恣欢谑。

主人何为言少钱，径须沽取对君酌。

五花马，千金裘，呼儿将出换美酒，与尔同销万古愁。

【译文】

看啊！黄河之水汹涌澎湃从天上倾泻而来，波涛翻滚直奔烟波浩渺的东海。

看啊！年轻时的满头青丝转眼间成了雪一样的白发，高堂上对着镜子只能是慨叹、悲哀！

人生得意的时候就应当纵情欢乐，不要让这金杯空对明月。

每个人生下来都有自己的价值和意义，黄金珍贵却是可以再得的，就算抛撒千两又何足惜哉！

我们杀牛宰羊，今天要玩它一个痛快，为这相聚，也该痛饮三百杯！

岑夫子，丹丘生，干杯干杯！举起酒杯不要停下来。

让我来为你们歌一曲，请你们仔细听：

那些荣华富贵的生活，有什么值得苦苦追求？我但

第六讲 诗情之美:"豪放"与"悲慨"

太白醉酒图 〔清〕苏六朋

愿醉生梦死，悠悠然不再清醒。

自古来，睿智彻悟之人无不感到灵魂的寂寞，唯有那些寄情诗酒的人，流传千载美名。

曹植当年在平乐观大摆筵席，痛饮名酒，宾主尽欢，借以忘忧。

主人家，你为何说我的钱不多？快快去买回酒来，让我们喝他个痛快！

噫，这名贵的五花宝马，价值千金的狐裘，快叫侍儿拿去，给我换来美酒，

让我们在这杯中的烈焰里熔化无穷无尽的忧愁！

【鉴赏】

李白是"诗仙"，也是"酒仙"，他自称"百年三万六千日，一日须倾三百杯"（《襄阳歌》）。杜甫在《饮中八仙歌》中说："李白一斗诗百篇，长安市上酒家眠。天子呼来不上船，自称臣是酒中仙。"酒是他消除人生忧愁的良方，"何以解忧，唯有杜康"（曹操《短歌行》）。酒也是他写诗时神思妙想的源头，所谓"兴酣落笔摇五岳"（《江上吟》）。

置酒会友，乃人生快事，又恰值"怀才不遇"之际，于是，诗人借酒抒情，气势豪放。诗人的情感与文

思在这一刻如同狂风暴雨，势不可挡；又如江河入海，一泻千里。时光流逝，如江河入海一去无回；人生苦短，看朝暮间青丝白雪；生命的渺小似乎是个无法挽救的悲剧，能够解忧的唯有金樽美酒。应当尽情地享受生命和人生的欢乐，"天生我材必有用"，这是怀才不遇的悲欢，但又有实现自我价值的期待。然而，"古来圣贤皆寂寞"的现实，堵塞了诗人通往理想的大道，这是时代的不幸，也是诗人的无奈，于是，只好将冲天的激愤之情化作豪放的行乐之举，发泄不满，排遣忧愁，反抗现实。

全篇大起大落，诗情忽翕忽张，由悲转喜、转狂放、转激愤、转癫狂，最后归结于"万古愁"，回应篇首，如大河奔流，纵横捭阖，力能扛鼎。此篇如鬼斧神工，足以惊天地、泣鬼神，是诗仙李白的巅峰之作。

2. 行路难

〔唐〕李白

金樽清酒斗十千，玉盘珍馐直万钱。
停杯投箸不能食，拔剑四顾心茫然。
欲渡黄河冰塞川，将登太行雪满山。
闲来垂钓碧溪上，忽复乘舟梦日边。

行路难,行路难,多歧路,今安在。

长风破浪会有时,直挂云帆济沧海。

【译文】

金杯里盛满的美酒,一斗要价十千,玉盘里的菜肴,价值万钱。

但心情愁烦使得我放下杯筷,不愿进餐。我拔出宝剑环顾四周,心里一片茫然。

想渡过黄河,坚冰堵塞大川;想登太行山,莽莽的大雪遍布高山。

想像当年姜太公那样渭滨垂钓,等待东山再起;又像伊尹做梦,乘舟经过日边,最终受聘在商汤身边。

人生的道路何等艰难,何等艰难!眼前歧路纷杂,真正的大道究竟是哪一条?

我要坚信总有一天,乘风破浪的时机定会到来,到那时,将扬起征帆远航。

【鉴赏】

酒是"催情剂",是文艺的精灵。李白写了大量的诗都是与酒相关的。这也许是酒使他文思涌流。这首诗与传统的表现手法不同,不是先写境,而是先抒情,一开始诗就写深厚的友情。"嗜酒见天真"的李白,面对

第六讲 诗情之美:"豪放"与"悲慨"

美酒佳肴、知心朋友,本应开怀痛饮,但却心事重重,他端起酒杯,却又把酒杯推开了;拿起筷子,却又把筷子撂下了。他离开座席,拔出宝剑,举目四顾,心绪茫然。停、投、拔、顾四个连续的动作,形象地表现出了他内心的苦闷抑郁和感情的激荡变化。

接着诗人开始写自然之境和人生之境,写"行路难",用"冰塞川""雪满山"象征人生道路上的艰难险阻。但是,诗人不甘消沉,而要继续追求。"闲来垂钓碧溪上,忽复乘舟梦日边",诗人在心境茫然之中,忽然想到两位古代贤臣未遇明主时的遭遇,他们最后终于都成为大有作为的人物:一位是姜尚,一位是伊尹。于是,他又对未来充满信心。但当他的思路回到眼前现实中来的时候,又只觉前路崎岖,歧途甚多,不知道他要走的路,究竟在哪里?感情在尖锐复杂的矛盾中再一次回旋。但是倔强而又自信的李白,用积极入世的人生态度,再次摆脱了歧路彷徨的苦闷,唱出了充满信心与展望的强音:"长风破浪会有时,直挂云帆济沧海。"这首诗咏叹世路艰难及人生理想实现困难的处境,抒发了怀才不遇的情怀,充满了对理想的执着追求和乐观的人生态度,在悲愤中不乏豪迈气概,在失意中仍然向前,这正是这首诗的永恒魅力之所在。

3. 走马川行奉送出师西征

〔唐〕岑参

君不见走马川行雪海边,平沙莽莽黄入天。

轮台九月风夜吼,一川碎石大如斗,随风满地石乱走。

匈奴草黄马正肥,金山西见烟尘飞,汉家大将西出师。

将军金甲夜不脱,半夜军行戈相拨,风头如刀面如割。

马毛带雪汗气蒸,五花连钱旋作冰,幕中草檄砚水凝。

虏骑闻之应胆慑,料知短兵不敢接,车师西门伫献捷。

【译文】

君请看,那荒凉无边的走马川,就在雪海的附近,一片黄沙茫茫无际,直贯云天。

刚到九月,轮台的狂风日夜怒吼不已,一川大如斗的碎石,被暴风吹得满地乱滚。

这正是匈奴牧场草黄马肥之时。匈奴纵马犯边,金

第六讲 诗情之美："豪放"与"悲慨"

山西面烟腾尘飞,朝迁大将挥师西下。

征战中将军铠甲日夜不脱,半夜行军戈矛相碰,凛冽的寒风吹到脸上如刀割一般。

雪花落在马身上被汗气蒸发,转瞬间马毛上又凝结成冰,军帐中起草檄文的砚墨也已冻凝。

敌人的骑兵听到大军出征的消息一定心惊胆战,我一定在军师城西门等待报捷的消息。

【鉴赏】

岑参创作了许多描绘边塞风光、军旅生活的诗作,与高适并称为盛唐边塞诗派的代表,世称"高岑"。殷璠评论其边塞诗:"语奇体峻,意亦造奇。"这首诗奇而壮,环境的严酷、人物的豪迈,都给人以雄浑豪放之感。

为了表现边防将士高昂的爱国精神,诗人用了反衬手法,抓住有边地特征的景物来状写环境的艰险,极力渲染、夸张环境的恶劣,来突出人物不畏艰险的精神。诗中运用了比喻、夸张等艺术手法,写得惊心动魄,绘声绘色,热情奔放,气势昂扬。

首先,围绕"风"字落笔,描写艰苦的自然环境。"平沙莽莽黄入天",这是典型的西域风沙景色,狂风怒卷，黄沙飞扬，遮天蔽日，迷迷蒙蒙，一派混沌的景象。开头三句无一"风"字，但捕捉住了风之"色"，把风的猛烈写得历历在目。这是白天的景象。随后，又写了黑夜之风，"轮台九月风夜吼，一川碎石大如斗，随风满地石乱走"，行军由白日而入黑夜，风"色"是看不见了，便转到了写风声。狂风像发疯的野兽，在怒吼，在咆哮，"吼"字形象地显示了风猛风大。接着又通过写石头来写风。斗大的石头，居然被风吹得满地滚动，再着一"乱"字，就更表现出风的狂暴。"平沙莽莽"句写天，"石乱走"句写地，三言两语就把环境的险恶生动地勾勒出来了。

　　接着写将士不畏艰险、克敌制胜的英雄气概和勇武无敌的飒爽英姿。"将军金甲夜不脱"，以夜不脱甲，写将军重任在肩，以身作则。"半夜军行戈相拨"，写军容整肃严明的情景。最后，用"虏骑闻之应胆慑"抒发了豪迈必胜的信心。

　　全篇奇句豪气，风发泉涌，"奇而入理"，全诗韵位密集，换韵频数，节奏急促有力，情韵灵活流宕，声调激越豪壮，有如一首雄壮的音乐进行曲。

二、"悲慨"：悲壮慷慨 苍凉冷清

在中国古代美学中，有一个典型的美学风格是悲剧美学，主要是对人生苦短、生离死别、身世飘零、羁旅乡愁、壮志难酬等人生际遇的悲剧性感叹和抒写。"悲慨"是诗人的内心情感在诗作中的反映。

诗可以群，可以怨。这个"怨"，就是一种情感的宣泄，是一种"悲慨"。"悲慨"就是"悲凉痛苦，慨惋哀伤"。在中国古典美学中，"悲慨"具有慷慨悲凉、大起大落的气质，所谓"醉把杯酒，可以吞江南吴越之清风；拂剑长啸，可以吸燕赵秦陇之劲气"。"悲慨"一品，讲的是人的生命的忧伤，发的是人生命运不平的愤慨，叹的是人生苦难的哀伤，抒的是慷慨多气的感怀。这一品，其意象传神、节奏铿锵、长歌当哭、哀婉凄切、动人心魄，是二十四诗品中给人留下最深刻印象的一品。

（一）"悲慨"释名

"悲"，形声字。从心，非声。"非"为与愿相违，"心"为意愿。悲，表示人遇到非心所愿之事或遭受心所不能承受的沉重打击时,因心之痛而产生的哀伤。《说文》:"悲,痛也。"人们心中若有悲伤,往往会感到惨痛、愁苦、凄凉、心酸以及愤怒等情绪,因此衍生了"悲惨""悲愁""悲凉""悲酸""悲愤""悲戚"等词汇。

"慨",形声字,从心,既声。"慨"从"心",表明与人的心理感受有关。《说文·心部》:"慨,忼慨,壮士不得志也。""慨"的本义指因不得志而激愤,后指情绪激昂。

"悲慨"产生于怜悯之心。"悲"和"慨"字皆从心,意思是悲慨从心中来,人应当怀悲悯之心,与人为善。他人若不幸,我心应哀怜。我的心是为他人而怜,是悯人之心,以他人之心为我心,以他人之苦为我苦,以他人之愿为我愿,这就是"慈悲为怀"。

"悲慨"是哀伤长叹,抒发忧郁的情感。"悲"字以"非"从"心",表示违背自己的心愿,事与愿违,故而生悲。《玉篇·心部》:"慨,太息也。""悲慨"是对人生际遇的变故、苦难的无奈和叹息。曹操《短歌行》歌云:"慨当以慷,忧思难忘。""悲慨"表现为激愤之志。

"悲慨"是一种外露的情绪。"悲慨"是有志男儿的一种情绪,虽然胸有大志、才华横溢,但又生不逢时,英雄无用武之地,因此表现出了愤慨。

(二)"悲慨"析义

【原文】

大风卷水,林木为摧。意苦欲死,招憩不来。

百岁如流,富贵冷灰。大道日丧,若为雄才。

壮士拂剑,浩然弥哀。萧萧落叶,漏雨苍苔。

【译文】

大风卷起狂澜,树木也被摧毁。人生痛苦令人难忍,召唤好友也无人相随。

百年光阴像流水飞逝,富贵权位都化作烟尘。世道日益沦丧,谁是今日英雄?

壮士拔剑悲叹,抒发满腔悲哀。无奈落叶萧萧下,且听残雨滴苍苔。

【鉴赏】

"悲慨"可以说是生命的悲歌,是人生的悲歌,也是理想和希望毁灭的悲歌。在这一品中,司空图讲了"悲慨"的五种现象和表现。

"悲慨"是遭遇自然灾害时的悲伤。"大风卷水,

古木寒鸦图轴　〔明〕周文靖

林木为摧",讲的是大风肆虐,席卷江海,摧折林木。大自然虽然给人类提供了生存、生活的环境,但不时也会发"脾气",如会暴发山洪、地震、干旱等自然灾害。而自然界四季的运行也给万物的生长带来了影响,秋天的萧瑟、冬天的严寒,也会引发人的悲愁和忧伤的情感。晏殊《蝶恋花》中说:"槛菊愁烟兰泣露,罗幕轻寒,燕子双飞去。明月不谙离恨苦,斜光到晓穿朱户。昨夜西风凋碧树,独上高楼,望尽天涯路。欲寄彩笺兼尺素,山长水阔知何处?"这首词感情浓烈,让人读之心碎。"望尽天涯路",让整首词的氛围显得尤为悲壮,悲凉之情在大地间弥漫。"欲寄彩笺兼尺素,山长水阔知何处",不但有浓浓的思念,又有深深的悲伤。马致远也曾经写了一首悲叹之诗:"枯藤老树昏鸦,小桥流水人家,古道西风瘦马。夕阳西下,断肠人在天涯。"马致远在外漂泊二十多年,五十岁入仕,最后又因不与昏暗时局同流合污而隐居。他写的《天净沙》小令,是他的漂泊之作,以秋景来寄托漂泊之感,带有一份凄凉之意。

"悲慨"是对天地之变给人类带来的伤害的感叹。在大自然面前,人类是非常渺小的,一个高强度的地震,瞬间可以葬送成千上万人的生命。这种天灾往往是人类无法抗争的。这种"悲慨"来自现实生存困境,引人感叹生活的多灾多难。

"悲慨"抒发了人生不幸的痛苦之情感。"意苦欲死,招憩不来。"痛苦如死一般,想求得安宁喘息亦不可得。佛学认为人生是苦海,有生老病死之苦、爱别离之苦、怨憎会苦、求不得苦、五阴炽盛苦。通常这种痛苦来自两方面:一是肉体方面的痛苦,二是精神方面的痛苦。这种痛苦既有天灾,又有人祸。在中国诗词中有许多这方面的感叹。如李白《关山月》:"由来征战地,不见有人还。"写出了戍边之悲苦;杜甫《自京赴奉先县咏怀五百字》:"朱门酒肉臭,路有冻死骨。"写出了黎民的悲惨;韦应物《淮上喜会梁川故人》:"欢笑情如旧,萧疏鬓已斑。"写出了时光飞逝的悲慨;李商隐《无题》:"相见时难别亦难,东风无力百花残。春蚕到死丝方尽,蜡炬成灰泪始干。"写出了生离死别的悲伤。这些都是对人生不幸的际遇和苦难的悲叹和感慨!

"悲慨"是时光流逝和富贵丧失的感叹。"百岁如流,富贵冷灰",指的是人生短暂而脆弱,个体生命如同逝去的流水,人生富贵烟消云散,美好时代渐行渐远,纵有雄才大略,也无可奈何。刘希夷《代悲白头翁》:"寄言全盛红颜子,应怜半死白头翁。此翁白头真可怜,伊昔红颜美少年。"讲的是有限的人生与无限的时间的矛盾,感叹的是青春易逝的伤感、迷茫。

"悲慨"是生不逢时、怀才不遇的悲哀。个人的命运离不开个人的努力奋斗,但关键在于所处的时代。处在一个好的时代,自然就会有一个施展才华的机会和环境。而处在一个黑暗的时代,一个人即使有天大的本事也难以发挥。"大道日丧,若为雄才",指的是世道沦落,走向衰败,即使有雄才大略,也碌碌无为。"壮士拂剑,浩然弥哀",指的是英雄无用武之地,壮志难酬的悲凉情境。陈子昂《登幽州台歌》:"前不见古人,后不见来者。念天地之悠悠,独怆然而涕下。"这首短诗,深刻地表现了诗人怀才不遇、寂寞无奈的情绪。"前不见古人,后不见来者",指的是像前代那样的贤君既不复可见,后来的贤明之主也来不及见到,自己真是生不逢时;当登台远眺时,只见茫茫宇宙,天长地久,不禁感到孤单寂寞,悲从中来,怆然流泪了,抒发了自己"生不逢时"的哀叹。诗人看不见前古贤人,古

秋江待渡图 〔元〕盛懋

人也没来得及看见诗人；诗人看不见未来英杰，未来英杰同样看不见诗人，诗人所能看见以及能看见诗人的，只有眼前这个时代。这首诗以慷慨悲凉的调子，表现了诗人失意的境遇和寂寞苦闷的情怀。

"悲慨"是因理想破灭引发的悲凉。哀莫大于心死，而气不能平和，这是"悲慨"最深重的情感。"萧萧落叶，漏雨苍苔。"萧萧似落叶之声，漏雨是生活的困境，"苍苔"是苍凉之境。这是"悲慨"达到了顶点：木叶萧萧落下，细雨滴落在布满青苔的荒台上。萧萧落叶，喻生命短暂，命运不可把握，而漏雨苍苔则抒发了寂寞和忧伤。人生假如处于这样的状况，是从失望进入了绝望，是生不如死的境况，已经觉得人生没有了意义。风流潇洒的阮籍流泪了，他在诗中写道："一餐度万世，千岁再浮沈。谁云玉石同，泪下不可禁。"（《咏怀》）才华俊逸的张华也流泪了："人生若浮寄，年时忽蹉跎。促促朝露期，荣乐遽几何？念此肠中悲，涕下自滂沱。"（《轻薄篇》）淡然飘逸的陶渊明也潸然泪下："掩泪汛东逝，顺流追时迁。"（《杂诗》）这是多么无奈和绝望！

以上的五种"悲慨"或者是由于生活困顿而引发

的慨叹,或者是由生命困境而引发的慨叹,或者是由理想困境而引发的慨叹,都具有浓重的命运悲剧色彩。"悲慨"展示的是一部人生与社会的苦难的二重奏,是一种典型的悲剧,是一种悲痛感慨的情感,是一种悲剧之美。

(三)"悲慨"例说

1. 易水歌

〔先秦〕佚名

风萧萧兮易水寒,

壮士一去兮不复还。

探虎穴兮入蛟宫,

仰天呼气兮成白虹。

【译文】

风萧萧响,把易水边吹得很冷,壮士一去不回头。

刺杀秦王就像深入到虎穴、龙宫那样危险啊,但是仰天吐气都能形成白虹。

【鉴赏】

这是一个身赴虎穴,自知不能生还的壮士的慷慨悲歌。

诗一开始写临别时的环境,萧瑟的秋风,寒冽的易水,一派悲壮苍凉的气氛,景物描写中渗透着歌者的悲情。接着落笔悲壮,叙述壮士一去不复返的悲慨,这是视死如归,表现出了英雄赴难义无反顾的献身精神。

这首诗语言十分平易、简练,借景抒情,情景交融,是一曲悲壮、雄壮的绝唱。

2.渔家傲·秋思

〔宋〕范仲淹

塞下秋来风景异,衡阳雁去无留意。四面边声连角起,千嶂里,长烟落日孤城闭。

浊酒一杯家万里,燕然未勒归无计。羌管悠悠霜满地,人不寐,将军白发征夫泪。

【译文】

秋天一来边境的风景就全都不同了,向衡阳飞去的雁群毫无留恋的情意。

军营的号角声响起,四面传来战马嘶鸣的声音。像千里屏障一样的山峰并列耸立,烟雾弥漫中,落日朦胧,只见四野荒漠,一座孤城紧紧关闭着。

空对愁酒一杯,离家万里,思绪万千,想起边患不平,功业未成,不知何时才能返回故里。

羌笛的声音悠扬,寒霜洒满大地。将军和征人们不能入寐,他们都愁白了头发,流下了伤心眼泪。

【鉴赏】

这首词一开始写严酷的自然环境,为"悲慨"做了铺垫。"塞下"二句点明时间、地点,描述严酷的环境。西北边疆气候寒冷,一到秋天,寒风萧瑟,满目荒凉,大雁此时奋翅南飞,毫无留恋之意。延州傍晚时分,边声伴着军中的号角响起,凄恻悲凉。在群山的环抱中,太阳西沉,长烟苍茫,城门紧闭。千嶂、孤城、长烟、落日,这是静;边声、号角,则是伴以声响的动。动静结合,展现出一幅充满肃杀之气的战地风光图画,形象地描绘了边塞严寒、萧条的环境。

词的下片抒发了词人心中的悲情。"浊酒一杯"二句,先自抒怀抱,作者为前线三军统帅,防守边塞,天长日久,难免勾起思乡思亲之情。想要借一杯浊酒消解乡愁,可是,路途遥远,家人在何方?虽然回归心切,但战争没有取得胜利,还乡之计就无从谈起。浓重的乡愁就凝聚在心头,无计可除。"羌管悠悠霜满地"写的是夜景,到了夜晚,笛声悠扬,秋霜遍地,更引动了征人的乡思。全词把情感落在最后两句:"人不寐,将军白发征夫泪。"将军夜不能寐,旷日持久的守边白了将军的头，使征夫洒下许多思乡的热泪。

全诗语气沉郁雄浑，风格苍凉悲壮，上下片之间情景相生，浑然一体。

3. 别老母

〔清〕黄景仁

搴帷拜母河梁去，白发愁看泪眼枯。

惨惨柴门风雪夜，此时有子不如无。

【译文】

把帷帐撩起，为到河梁谋生，依依不舍辞别年迈的母亲，看到白发苍苍的老母亲不由泪下不停。在这风雪之夜打开柴门远去，在这凄惨的分离之时，不禁令人喟叹：养子又有何用呢？倒不如没有啊。

【鉴赏】

此诗的最大特点是深情、悲伤，既有缠绵悱恻之情又有抑塞愤慨之感，都写得深入沉挚，使人回肠荡气，极受感动。诗人语言清切，善用白描，扫尽浮泛陈旧之词，字字真切，一种清新迥拔之气跃然纸上。自古伤情多离别。生离死别最能动情，也最让人悲伤，诗人抒写了离别之时对母亲的不舍之情以及一种无奈的悲情。

第七讲 诗境之美

「自然」与「纤秾」

意境是中国美学中一种重要的范畴,指抒情表意在诗、画、歌、舞以至于园林美学中的审美境界。意境是情与景、心与物的融合。意境以境为基础,以意为主导,要情意物化、景物人化,具体景物融进艺术家的感情和意图而构成新颖独特的景象。

唐代诗人王昌龄最早使用"意境"的概念,他在《诗格》中说诗有三格:"一曰生思。久用精思,未契意象,力疲智竭,放安神思,心偶照境,率然而生。二曰感思。寻味前言,吟讽古制,感而生思。三曰取思。搜求于象,心入于境,神会于物,因心而得。"他提出了诗的"三境说":"诗有三境:一曰物境。欲为山水诗,则张泉石云峰之境,极丽绝秀者,神之于心,处身于境,视境于心,莹然掌中,然后用思,了然境象,故得形似。二曰情境。娱乐愁怨,皆张于意而处于身,然后驰思,深得其情。三曰意境。亦张之于意而思之于心,则得其真矣。"这里的"三境",只是把偏重于写山水的称为物境,偏重于抒情的称为情境,偏重于言志的称为意境。中唐以后,刘禹锡则以"境生于象外"道出了意境的内涵。

宋代苏轼主张"意与境会"。严羽用"别趣"进一步扩大和规范了意境的范围,他在《沧浪诗话》中认为意境的妙处在于"空中之音,相中之色,水中之月,镜中之象,言有尽而意无穷",说明意境不在象内,而在象外。

清代王夫之探讨了情与景的关系:"情景名为二,而实不可离。神于诗者,妙合无垠。巧者则有情中景、景中情。""景中生情,情中含景,故曰景者情之景,情者景之情也。"

意境理论的集大成者王国维对意境进行了深入研究,将古典诗词中是否有境界的创造作为评判其优劣成败的关键,认为诗词曲赋有境界则自成"高格"。他在《人间词话》中说:"词以境界为最上。有境界则自成高格,自有名句。"意思是说,诗词以境界为最高评价标准,有境界的诗词则自有一番高雅的格调,自有其绝妙的佳句。"意境"是评价诗词格调高低的标准,是诗词的精髓所在。诗境是作者心境的体现,心境大者,自能写出"大江东去,浪淘尽,千古风流人物"的豪迈气概,自能成就"念去去、千里烟波,暮霭沉沉楚天阔"的婉约情境。中国大量的古典诗词都富有意境,如马致远的"枯藤老树昏鸦,小桥流水人家,古道西风瘦马。

夕阳西下，断肠人在天涯"，让我们看到苍茫天空之下的萧瑟背景，干枯的藤、苍老的树、归巢的乌鸦，在这样的背景之下，离人独立，漂泊四方，怅惘无边。又如王安石的"柳叶鸣蜩绿暗，荷花落日红酣。三十六陂春水，白头想见江南"，写江南美景，突然转入追忆、愁思的低沉之中，看着池塘中的春水，满头白发的词人回想起了江南水乡的春天。诗的前两句描写美景，后两句则叙写思念家乡之情，情景交融，境界深远。由此可见，诗的意境是诗歌美学中的一个重要范畴。

现代美学家宗白华，把意境说提高到美学精华的高度，指出意境的意义是介于功利境界和伦理境界的艺术境界："以宇宙人生的具体为对象，赏玩它的色相、秩序、节奏、和谐，借以窥见自我的最深心灵的反映；化实境为虚境，创形象以为象征，使人类最高的心灵具体化、肉体化。"意境是"情"与"景"（意象）的结晶。宗白华还说中国艺术意境的创成，既须得屈原的缠绵悱恻，又须得庄子的超旷空灵。因为缠绵悱恻，才能一往情深，深入万物的核心；只有超旷空灵，才能如镜中花、水中月、羚羊挂角、无迹可寻。更深一层的意思是说，在有美的欣赏的同时，还要有人生的意蕴，要有超越表面物象去解释整个人生、历史、宇宙的能力。做到了这一层,才是真正的意境,才能使人感受到"此中有真意,欲辨已忘言"。

《红楼梦》写林黛玉教香菱如何作诗,首先讲的是"立意要紧"。如果有好的意境,可以冲破韵律的限制。诗的意境决定了诗词的艺术美和感染力,决定了诗歌的品位,是诗歌创作和审美中必须遵循的一个原则。

那么,什么是意境呢?王国维运用东西结合的研究方法,总结了中国古代的意境理论,他说:"何以谓之有意境?曰:写情则沁人心脾,写景则在人耳目,述事则如其口出也。"(《宋元戏曲考》)王国维认为意境是情境的交融。《艺术美学辞典》中说:"意境就是揭示艺术创造过程中的物我、情景、虚实等结合的审美原则,把看观图景与思想感情融为一体的一种艺术境界。"一般来说,意境的创造以"缘景生情""状物移情""借物寄情"为表现特征,以"境生象外,虚实相生"为结构特征,以"韵外之致,余味无穷"为审美特征,以"真切自然"为根本特征。司空图在《二十四诗品》中,对于如何写境、造境、赏境做了系统论述,提出了"韵外之致""味外之旨""思与境谐""象外之象""景外之景"等观点，构建了一个完善的"意境学说"。这个"意境学说"集中于"自然"和"纤秾"这两品。

一、"自然"：纯真纯美 恰适清新

自然之美，是中国古代文学创作中最高的理想审美境界，它的美学基础是老庄的自然之道。老子、庄子把道作为大千世界的本原，作为宇宙运行的总法则。老子在《道德经》中指出："人法地，地法天，天法道，道法自然。"庄子认为"天地有大美而不言"（《庄子·外篇·知北游》），他认为天地自然有其大美，人们只须任其自然，就可达到目的。北宋的欧阳修将"自然"作为审美标准之一："君子之欲著于不朽者，有诸其内而见于外者，必得于自然。"（《唐元结阳华岩铭》）叶燮发挥了庄子的自然观，在《已畦文集·滋园记》中说："凡物是生而美者，美本乎天者也，本乎天自有之美也。"自然有大美，诗歌在创作和鉴赏中要感知、妙悟自然之美。钟嵘要求诗人在创作中必须"直寻"，要体现"自然英旨"。刘勰在《文心雕龙·原

道》中说:"云霞雕色,有逾画工之妙;草木贲华,无待锦匠之奇。夫岂外饰,盖自然耳。"他还说:"心生而言立,言立而文明,自然之道也。"他主张诗歌要"自然妙会"。"自然"的内涵,主要指艺术创作要以自然为师。艺术表现要有真情实感,艺术手法要自然天成。

在中国诗歌中,"自然的诗境"大多体现在山水诗歌中,诗人往往是触景生情,用情景交融手法以景传情、以景写意。司空图在"自然"这一品中,主要讲诗境之美要在顺应自然、体察自然、妙悟自然中写境、立境、造境。

(一)"自然"释名

"自",象形字。"自"的甲骨文为 ,是鼻子轮廓的勾勒,本义为鼻子。《说文·自部》:"自,鼻也。象鼻形。""自"字常与"然"连用,指宇宙之中的生物界和非生物界的总和,也指产生、归属于自然界的、自然天成的事物。

然,会意兼形声字。金文为 ,小篆为 。从火,从肰声。金文、小篆中它的左上部为"肉",右上部为"犬",下部为"火",有火烧狗肉之意。《说文·火部》:"然,烧也。""然"的本义指燃烧,如《孟子·公孙丑》中说:"凡有四端(指恻隐、善恶、辞让、是非之心)于我者,知皆扩而充之矣,若火之始然,泉之始达。苟能充之,足以保四海。"意思是说:所有具有这四种观念萌芽的人,如果晓得把他们扩充起来,便会像刚刚燃烧的火、刚刚流出的泉水。假若能够扩充,便足以安定天下。由燃烧又延伸指明白,如"了然于心"。"然"还有"点着、照耀、这样、如此、同意"之义。

自然是指顺于自然界发展规律的大道。"然"字本义为烤食动物。在远古时代,烤食是原始人类进一步适应自然、生存能力提升的一大进步,也就是说找到了更能顺应自然、更合理、更先进的生存方式,所以"然"也有"合理"的意思。故而说顺应自然才是合理的,才是王道。

顺应自然是道家的要义和修行风格。《老子》一书中告诫我们:"五色令人目盲,五音令人耳聋,五味令人口爽,驰骋畋猎令人心发狂,难得之货令人行妨。是以圣人为腹不为目,故去彼取此。"在这里古人认为生活合乎自然,就合乎道、合乎天理,就是回到没有私欲遮蔽的心，大道无我就是智者所追求的境界。

（二）"自然"析义

【原文】

俯拾即是，不取诸邻。俱道适往，着手成春。

如逢花开，如瞻岁新。真与不夺，强得易贫。

幽人空山，过水采蘋。薄言情悟，悠悠天钧。

【译文】

生活处处是诗，俯拾即是，顺应真情天然，着手成春。

自然如花儿适时盛开，人似四季岁月更新。自然中得来的领悟不会被人夺去，勉强去追寻反而陷于困境。

高雅的人身居空山，雨过以后采集野萍。一切真切自然，如同天体永恒运行。

【鉴赏】

在《二十四诗品》中，"自然""疏野""实境"三品同属"自然"的美学旨趣，但"自然"是基础，其美学精神贯穿诸品，阐述了自然之境与人的情境、心境的相互作用和创造。

"自然"有如天籁之音。自然、平淡、质朴、天真，诗意的表达无痕迹，这就是"俯拾即是，不取诸邻"。王国维对"什么是自然"做出了回答:"彼但摹写其胸中之感想,与时代之情状,而真挚之理,与秀杰之气,时流露于其间。"这就是自然和巧工完美地结合起来。鲁迅先生说的"有真意,去粉饰,少造作,勿卖弄",表现为自然天成、平淡质朴。自然,表现为物真、情真、意新、格殊、韵远。

王国维认为一切景语皆情语。诗要么是借景抒情,要么是寄情于景。他在《人间词话》中说:"诗之景阔,词之言长。"意为诗作的意境辽阔,而词作的韵味较长。他认为意境分为两种,即写境、造境。"有造境,有写境,此'理想'与'写实'二派之所由分。然二者颇难分别。"意为有创造出来的意境,也有真实描绘出来的意境,这便是"理想"和"写实"两种派别间的区别所在。然而这两者很难区分开来。王国维认为"造境"是"理想主义",也即是一种浪漫主义的表达方法,"写境"则是一种现实主义的表达手段,前者以李白为代表,后者以杜甫为代表。但两者并没有本质的区别,是相互交融的。造境和写境,都融入了作者对现实的写照,既是以梦想烘托现实,又让现实照进梦想,难以从根本上进行区分。司空图在"自然"这一品中,所要讲的意境之美主要有如下特征：

一是美境要顺应自然的天性。大自然有鬼斧神工之能，天地处处有美境。在这个世界上不缺美，缺乏的是发现美的眼睛。自然之美，是自使之然，是自然而然，是水到渠成、炉火纯青，不必人为去寻觅。司空图在这一品中说："俯拾即是，不取诸邻。"这是讲诗。诗境随处可见，只要弯下身子去拾捡就行了，无须到别处去寻找。"俯拾即是"是人与自然的融合，无分别心，没有物我之分别，没有感情的取予，没有欲望的扩张。虞集在《诗家一指》后缀中说："拾而得之为自然，抚而出之为几造……厚而安者，独鹤之心，大龟之息，旷古之世，君子之仁。"他指出自然即几造，独立的情怀、永恒的寂静，均源于自然而生。"俱道适往"就是以人之直觉本能揭示自然的天性，是自然而然的，正如王国维所说的："以自然之眼观物，以自然之舌言情。""唯自然能知自然，唯自然能言自然。"王维的《渭川田家》诗曰："斜阳照墟落，穷巷牛羊归。野老念牧童，倚杖候荆扉。雉雊麦苗秀，蚕眠桑叶稀。田夫荷锄至，相见语依依。即此羡闲逸，怅然吟式微。"这首诗描绘了一幅乡村风情画，纯真、朴素、淡雅。夕阳斜,牛羊归,野老倚杖候门殷殷细念;麦苗秀,桑叶稀,田夫荷锄相依依私语。山野初夏,意象如画,人物有情。景到处有情,情到处有景,情境交融,心神际会。全诗妙处全在自然,境象秀逸天然;写田家村人之淳朴和谐,情致自然,抑扬有态,质素天然,开千古无穷之妙境。

二是立境要体察自然规律,抒发真情真意。

梅雀图 〔清〕任伯年

真切自然是意境的根本美学特征。诗词意境的构成不外乎情、景,而情、景的艺术呈现必须真切自然。这里的"真",包括表现对象的真和对对象表现的真。既要对所写景物及感情有真切自然的感受,又须对此种感受做真切自然的表现,方能使读者也获得同样的感受。"如逢花开,如瞻岁新",是对大千世界花开花落、冬去春来之万象更替的自然现象的描绘。"真予不夺,强得易贫",强调了一个"真"字。"真"就是天然,是宇宙规律,是真理,是真景,也是真情、真意。"真予"就是从真性出发,皆为能适。假如背离本性,追求个人的功利勉强而作,最终必无所取,而使自己的生命资源日趋枯竭。诗人能从自然现象中用心去感知、感悟,自然会获得"真意",自然可以将自然的景致变为"情致""情趣"。

杜甫的《登高》云:"风急天高猿啸哀,渚清沙白鸟飞回。无边落木萧萧下,不尽长江滚滚来。万里悲秋常作客,百年多病独登台。艰难苦恨繁霜鬓,潦倒新停浊酒杯。"诗中集中描绘了"秋天"和"大江"这两个最富于想象力和联想力的形象,"急风""高天""猿啼""飞鸟""落木""长江",将无边秋色、不尽长江、作者的孤苦形象以及万里悲秋的复杂感情和对国家、身世的酸辛与悲愤真切自然地表现了出来,创造出情景交融的意境。李白的《峨眉山月歌》唱道:"峨眉山月半轮秋,影入平羌江水流。夜发清溪向三峡,思君不见下渝州。"诗歌描绘了诗人舟行于月夜江中,与山水浑然一体,如自然造化之涌现,而无一丝人工斧凿之痕迹。

三是立境关键在于"物我两相忘"。王国维认为，意境分有我之境、无我之境。"有我之境"偏于主观色彩。如北宋欧阳修《蝶恋花·庭院深深深几许》中的"泪眼问花花不语，乱红飞过秋千去"，北宋词人秦观《踏莎行·郴州旅舍》中的"可堪孤馆闭春寒，杜鹃声里斜阳暮"，乃有我之境也。这是从"我"的角度去观赏事物，所以描绘出来的景物都常有自我的主观色彩。"无我之境"则讲究"物我为一""物我相忘"。如陶渊明的《饮酒·其五》"采菊东篱下，悠然见南山"，金代诗人元好问的《颍亭留别》"寒波澹澹起，白鸟悠悠下"，乃无我之境。这是超越了主观的角度，处于无我的境界。"物我相忘"的境界是人生大境界、大智慧，是个体与万物的融合关系，是诗人高远、宽广的眼界和胸襟的体现。

四是造境要情景交融，以景传情。诗境之美是诗人的一种创造，即"外师造化"。中国诗歌从表面上看，是描绘山川秀色、风火雷电，其实是以物寄志、借物抒情。优美的诗篇往往是情景交融的。情景交融的作品，其境已非平常之景，而是表"情"之境。中国古典诗词很重视情和景的融合，孤立的景和孤立的情都很难形成意境，情与景的有机融合才能产生意境。"幽人空山，过雨采蘋"，描写的是诗人信步空山，忽遇风雨，雨过天晴之后，偶见水中苹花开，随手采摘一朵。可见，境幽、心静、行雅。"薄言情悟，悠悠天钧"，是说悠然飘来天上的音乐，与诗人的情感相契合了。这是妙悟自然、妙造自然，而达到了物我为一的境界，情景相融。

情景交融大致有以下几种形式：一是情随境生。即当生活中遇到某种物境，忽有所悟，思绪满怀，于是借着对物境的描写把自己的情意表达了出来。正如《文心雕龙·物色》中说"物色之动，心亦摇焉"，就是耳目一旦触及外境，唤醒了心中的意境，这情感便喷涌而出，从而达到意境的交融。二是融情于景。即把自己的感情注入其中，是借对物境的描写把情感抒发出来，客观物境也就带上了诗人主观的情意。三是情中见景。即在抒发情愫的过程中自然而然地绘景状物，而非刻意地状写景或物。四是情景并茂。这是一种情与景相融相生的状态，已然景中有情、情中有景。对以上四种情景交融方式的综合运用，抒情与写景达到了浑然一体的程度。

"自然"一品讲的诗境之美,概括起来有四个方面的内容:一是以真性去写境,顺应自然;二是用心去体悟、去造境,妙悟自然;三是用物我两忘去立境;四是借物抒情,达到情景交融,妙造自然。

(三)"自然"例说

1. 静夜思

〔唐〕李白

床前明月光,疑是地上霜。

举头望明月,低头思故乡。

【译文】

明亮的月光洒在床前的窗户纸上,好像地上泛起了一层白霜。

我抬起头来,看见那天窗外空中挂着一轮明月,不由得低头沉思,思念起远方的家乡。

【鉴赏】

这首诗借写寂静的月夜之境,抒发了思念家乡之情。

诗歌首先写了月光泻如银,似结露霜,幽静的物境烘托出诗人漂泊他乡的孤寂凄凉之情,然后写思乡之情。"望"字照应了前句的"疑"字,表明诗人已从迷蒙转为清醒，他翘首凝望着月亮，不禁想起，此刻他的故乡也正处在这轮明月的照耀下。而"思"字又给读者留下丰富的想象：那家乡的父老兄弟、亲朋好友，那家乡的一山一水、一草一木，那逝去的年华与往事……无不在思念之中。

短短四句诗，写得清新朴素，明白如话。境是如此"自然""朴实"，具有"无意于工而无不工"的妙境，正是在月光如水的物景下，引发了思乡的心境，使"物景"与"心境"融为一体。

2. 游子吟

〔唐〕孟郊

慈母手中线，游子身上衣。

临行密密缝，意恐迟迟归。

谁言寸草心，报得三春晖？

【译文】

慈祥的母亲用手中的针线，为儿子赶制身上的衣裳。

临行前一针针密密地缝缀，心中想着不知远游的儿子几时才会回归。

谁说寸草那满怀深情的孝心，能够报答得了春光这慈母般的恩情?

【鉴赏】

这首诗非常有画面感,是一幅"慈母织衣图"。"慈母手中线,游子身上衣",描写的是游子离家的前夕,慈母为儿子备衣御寒的场景,用慈母手中的"线",象征着绵绵不断的关爱和深情。诗人用这寻常情事,写景又表情,朴素纯真。"临行密密缝,意恐迟迟归",情景交融,"密密缝"写出了慈母的巧工和依依不舍之情,"迟迟归"则摹写出了难舍之情。这里我们看到了慈母念子之景,感受到了游子思亲之情,情深义重,令人心酸。最后写了游子之孝心。"谁言寸草心,报得三春晖?"小草嫩芽,朝向阳光茁壮成长,正如子女之心向着慈母。寸草春晖,比兴深微。母爱似春晖般博大,天下之子女应竭尽全力践行孝道,用心、用情、用力报答母亲的慈爱之情。这首诗以一件小事切入,写得自然、朴实,但又震撼人心。《唐诗品汇》评价这首诗:"千古之下,犹不忘淡,诗之尤不朽者。"

3. 过故人庄

〔唐〕孟浩然

故人具鸡黍,邀我至田家。

绿树村边合，青山郭外斜。

开轩面场圃，把酒话桑麻。

待到重阳日，还来就菊花。

【译文】

老朋友准备好了黄米饭和鸡肉，邀请我到他的农舍做客。

翠绿的树木环绕着小村子，村子城墙青山连绵不断。

打开窗子面对的是打谷场和菜园。

我们举杯痛饮，谈论着今年庄稼的长势。

等到农历九月初九重阳节的那一天，我还要再来与你一起喝菊花酒，一起观赏秋日的美景。

【鉴赏】

这首诗是孟浩然隐居鹿门山时，借描写乡亲热情、欢乐的生活情景，抒发自己满盈

山庄客至图　〔明〕文徵明

的乡情和友情。诗由"邀"到"至"到"望",又到"约",一径写去,自然流畅。语言朴实无华,意境清新隽永。诗人以亲切简洁的语言,如话家常般的形式,写出了从往访到告别的过程。诗中写田园景物清新恬静,写朋友情谊真挚深厚,写田家生活简朴亲切。

这首诗首先从描绘美丽的山村风光和平静的田园生活入手,用语平淡无奇,叙事自然流畅,没有渲染、雕琢的痕迹,然而感情真挚,诗意醇厚,有"清水出芙蓉,天然去雕饰"的美学情趣。先写了人与人之间的友情,"故人具鸡黍,邀我至田家",主人准备了丰盛的美味佳肴,可见其热情好客;接着描写了自然景色的优美,"绿树村边合,青山郭外斜",村庄绿树环抱,青山相依,山清水秀,空气清新,有如世外桃源。在这优美的环境里,宾主谈欢,声语萦绕,情感融洽,其乐融融。此时,一切烦恼不快都已丢之脑后。最后两句"待到重阳日,还来就菊花",诗人深深为农庄生活所吸引,临走时向主人率真地表示,将在秋高气爽的重阳节再来观赏菊花、品赏菊花酒。淡淡两句,故人相待的热情、做客的愉快、主客之间的亲切融洽,都跃然纸上了。明谢榛称赞孟浩然的诗"五言古诗近体清新高妙,不下李杜"（《四溟诗话》），给了孟浩然的诗歌高度的评价。这首诗确实写得自然清新，写出了主人的好客、热情，写出了村景的清幽、宁静，体现了诗人对田园生活的精神契合和向往。

二、"纤秾"：窈窕纤巧 秾丽明艳

"纤秾"是中国美学的一种审美意境，指质地细腻、色彩浓郁、感情清晰、文辞清雅的风格。"纤"原指丝帛纹理的细腻精巧，延伸指纤细秀雅；"秾"原指草木树花的丰茂繁盛，延伸指秾艳靡丽。纤秾，形容柔媚、细腻、富丽、润泽的意境。"纤秾"一词的运用，始于曹植，他在《洛神赋》中用"秾纤得衷，修短合度"来赞美宓妃的美姿。"秾纤"说的是洛水女神体态之丰盈与身材之苗条相匹配得恰到好处。苏轼对"纤秾"之美给予肯定，他评价柳宗元的诗："发纤秾于简古，寄至味于澹泊。"（《书黄子思诗集后》）晚唐温庭筠《偶题》中的"红垂果蒂樱桃重，黄染花丛蝶粉轻"、李商隐《锦瑟》中的"沧海月明珠有泪，蓝田日暖玉生烟"等均为"纤秾"的妙笔。叶燮在《原诗》中评价六朝的诗歌较为纤秾，谓"汉魏之浑朴古雅，六朝之藻丽秾纤"。可见，诗风、诗境也随时代而变迁，是诗家人格的体现。

"纤秾"从字面上看，似乎是讲诗的"形"与"色"，其实司空图在这一品中，用丰富的意象写"形"与"景"，讲的是意境的创造。

"意境"是物色、意味、情感、事件、风格、语言、体势等因素共同构成的美感效果，其审美特征是富于韵味的，是余韵无穷的。

（一）"纤秾"释名

"纤"，形声字，繁体为"纖"。简体从"糸"，千声，字形为将丝劈分为千份，极言其细小。《说文·糸部》："纖，细也。"纤的本义为细小。西晋陈寿《三国志·诸葛亮传》中说："善无微而不赏，恶无纤而不贬。"好事很微小也要奖励，坏事细小也要惩罚。

"秾"，形声字。从禾、农声。"禾"为禾本植物，借指花草树木；"秾"同"浓"，意为浓密、茂盛。《玉篇·禾部》："秾，花木盛也。"本义指浓密、深厚。如宋代陆游的《湖上今岁游人颇盛戏作》：

"龙船看罢日平西,柳暗花秾步步迷。"

"纤秾"是细小而又艳丽之美。"纤"具有修长之美,"秾"具有艳丽之美。"纤"形容柔媚,"秾"形容绮丽,两者相结合是阴柔之美。

(二)"纤秾"析义

【原文】

采采流水,蓬蓬远春。窈窕幽谷,时见美人。

碧桃满树,风日水滨。柳阴路曲,流莺比邻。

乘之愈往,识之愈真。如将不尽,与古为新。

【译文】

潺潺流水荡漾饰纹,无边春花春意浓浓。幽静的山谷里,美人浮现。碧桃满树争艳,和风摇曳在水边。

柳荫掩映,小路弯弯,群莺软语。深入纤秾情景,自然、真切、心动。

适时探究,如尔纷涌,常写常新,以故致新。

【鉴赏】

"纤秾"是精致逸秀与丰盈繁茂有机结合起来所创造出的意境。以"形"的细与"色"的浓,显示卓绝风姿与富丽堂皇的意境的组合。"自然"讲的是意境的本质,"纤秾"讲的是意境的创造手法。这个手法可以概括为如下几个方面：

"纤秾"是由声色相依、动静组合而创造出来的"景外之象"。"纤秾"所创造的意境用形与声调动了人的视觉，用动与静调动了人的听觉，从而形成具有动态美和静态美的意象。"采采流水，蓬蓬远春"，是写春水潺潺地流动，我们似乎听到了哗啦啦的水声；春草迢遥，绿遍荒郊，我们眼中好像看到了如茵绿草，感受到了勃勃生机。这时，又切换了一个景象："窈窕幽谷，时见美人。"清水、鲜花、幽谷、美人，交相辉映，为春色平添了一分朝气，逸出绰约俏丽的风姿色

洛神图　〔清〕佚名

彩，用纤秀来点化，以秾稠来化开。接着，又描绘了一个静美的意境："碧桃满树，风日水滨。"在一片春光里，桃花盛开，满树的彩色浮现于大地，掩映在碧水之中。下面又有一个镜头："柳阴路曲，流莺比邻。"在一条弯弯曲曲的柳阴路上，黄莺成双成对，比邻而栖于柳梢头上，发出圆润又晶莹的鸣啭声。这里所描写的物景，其实是为了表达皎然澄明的心境。这在意境的创造上被称为"象外之象，景外之景"。诗词的意境自然离不开对具体物象的生动描写，这种可置于眼前的景是实境、实象，但是这种描写又必须超越具体形象自身，有启发想象和联想的效能，能牵引出更深广的艺术空间。

凡是有意境的作品，应该既做到情景交融、形神兼备，又做到境生象外、虚实相生、声色并茂，给人留下想象空间。唐代诗人刘禹锡的《乌衣巷》："朱雀桥边野草花，乌衣巷口夕阳斜。旧时王谢堂前燕，飞入寻常百姓家。"这首诗的意境结构十分独特。除了夕阳黄昏、春燕翻飞、荒凉旧址的画面是实境外，其余对六朝繁华景象的联想、对历史变迁的洞察与领悟、对现实的联想与对比、对大唐社稷的担忧以及诗人忠贞正直的形象和无边的思绪等，均在虚境之中。意境便是这种境生象外、虚实相生的产物。一般来说，虚境是实境的升华，它体现着实境创造的意向和目的，体现着整个意境的艺术品位和审美效果，制约着实境的创造与描写，处于意境结构中的灵魂和统帅地位。但是，虚境不能凭空而生，在意境创造中，一切还必须落实到实境的具体描绘上。虚境要通过实境来表现，实境要在虚境的统摄下来加工。这就是"境生象外、虚实相生"意境的结构特征。

"纤秾"是通过玲珑与丰盈的有机组合来表现。司空图在这一品中，用"流水"与"春草"、"碧桃"与"水滨"、"曲径"与"流莺"进行了组合、对比，产生了鲜明的立体感。王维的《鸟鸣涧》云："人闲桂花落，夜静春山空。月出惊山鸟，时鸣春涧中。"这首诗用"人闲""桂花""静夜""月出""山鸟"和"春涧"构成了一派宁静幽美的意境。"桂花落"写花之香，"春山空"写夜之静，嗅觉与听觉结合，月出无声，山鸟时鸣，构成了动静相对。最为难的是写空灵幽静的环境与诗人自在、从容的心境融为一体，诗人用全副心神去仔细聆听花落鸟鸣的天籁，内心是多么宁静淡泊而又富有幽雅情致。

"纤秾"要在求真、求新中创造韵外之致。"韵味"是指意境中所蕴含的那种咀嚼不尽的美的因素和效果,包括情、理、意、韵、趣、味等多种因素。刘勰、钟嵘、司空图等历代文艺理论家都非常重视"韵味"的审美效果。"乘之愈往,识之愈真",指的是如果心与这纤秾鲜明的世界同游,就能识得真境,而不只是得其表相的华丽。"如将不尽,与古为新",是说纤秾之境的描写妙在常见常新。虽是寻常之境,若脱胎于我心,便有别样的景致。"与古为新",是以古鉴今、以古开新,与物同游、常观常新。其实,天下的美景自在,人人可以观之识之,但由于每一个人的境界、学识、心境不同,因而感悟到的意境是不一样的。这里讲的"求真""求新",关键在于不停留于外在的物景,而是心与世界同构的"心境"。这个境就有了"境外之象""境外之意",就有了新的韵味,即"意外之味"。

"纤秾"是对统一规律在诗歌审美中的统一,纤秀与秾稠时刻做双向交流,声色相依、动静相合、虚实相生,构成了一派"淡妆浓抹总相宜"的和谐景致。同时,又强调推陈出新,光景常新。所谓"幽鸟时时现,山花日日新"(《远法师图像》),这是中国美学的创造精神在意境中的生动体现。

(三)"纤秾"例说

1. 江畔独步寻花

〔唐〕杜甫

其一

江上被花恼不彻,无处告诉只颠狂。
走觅南邻爱酒伴,经旬出饮独空床。

其二

稠花乱蕊畏江滨,行步欹危实怕春。
诗酒尚堪驱使在,未须料理白头人。

其三

江深竹静两三家,多事红花映白花。
报答春光知有处,应须美酒送生涯。

其四

东望少城花满烟,百花高楼更可怜。
谁能载酒开金盏,唤取佳人舞绣筵。

其五

黄师塔前江水东,春光懒困倚微风。
桃花一簇开无主,可爱深红爱浅红?

其六

黄四娘家花满蹊,千朵万朵压枝低。

留连戏蝶时时舞,自在娇莺恰恰啼。

其七

不是爱花即肯死,只恐花尽老相催。

繁枝容易纷纷落,嫩蕊商量细细开。

【译文】

我被江边上的春花弄得烦恼不已,无处诉说这种心情,只能痴狂沉醉。来到南边邻居处寻找酷爱饮酒的伙伴,不料床铺空空,十多天前便外出饮酒了。

繁花乱蕊像锦绣一样裹住江边,脚步歪斜走入其间,心里着实怕春天。不过眼下诗和酒还能听我驱遣,不必为我这白头人有什么心理负担。

深江岸边静竹林中住着两三户人家,撩人的红花映衬着白花。我有去处来报答春光的盛意,酒店的琼浆可以送走我的年华。

东望少城那里鲜花如烟,高高的百花酒楼更是解人眼馋。谁能携酒召我前往畅饮,唤来美人欢歌笑舞于盛席华筵?

来到黄师塔前江水的东岸,疲倦困怠沐浴着和煦春风。一株无主的桃花开得正盛,我该爱那深红还是爱浅红?

黄四娘家绽放的鲜花遮蔽了小路,万千花朵压低了枝条。留恋那芬芳花间时时飞舞的彩蝶,自由自在欢声啼唱。

并不是说爱花爱得如命,只因害怕花尽时迁老境逼来。花到盛时就容易纷纷飘落,嫩蕊啊,请你们商量着慢慢开。

【鉴赏】

这一组诗是杜甫定居成都草堂的第二年,即上元二年(761)春所作。春暖花开的时节,杜甫本想寻伴同游,饮酒赏花,结果未能寻到,只好独自沿江畔漫步,每经历一处,写一景;写一处,又换一意;一连成诗七段,组成一系列春光之景致。在这一漫步的过程中,有写景的"淡":"江深竹静两三家。"又有景的"浓":"多事红花映白花。"诗人借描写恼花、怕春、报春、怜花而流露出悲愁的情怀。接着转为由悲入喜的描写,表达出爱花、赏花时的喜悦之情,造成了节奏的起伏变化,给人以新奇的美感。这种喜悦之情,并未戛然而止,而是自然而然地向后延伸,进入了感情的

山水册页（局部） 〔清〕樊圻

抒发，接着记叙在黄四娘家赏花时的场面和感触，描写草堂周围烂漫的春光，表达了对美好事物的热爱之情和适意之怀。春花之美、人与自然的亲切和谐，都跃然纸上。

  这组诗写的是赏景，刻画得十分细微，色彩异常秾丽。如"故人家在桃花岸，直到门前溪水流"（常建《三日寻李九庄》），"昨夜风开露井桃，未央前殿月轮高"（王昌龄《春宫曲》），这些景都显得"清丽"；而杜甫在"花满蹊"后，再加"千朵万朵"，更添蝶舞莺歌，景色就秾丽了。这种写法，可谓前无古人。

2. 钱塘湖春行

〔唐〕白居易

孤山寺北贾亭西，水面初平云脚低。

几处早莺争暖树，谁家新燕啄春泥。

乱花渐欲迷人眼，浅草才能没马蹄。

最爱湖东行不足，绿杨阴里白沙堤。

【译文】

从孤山寺的北面到贾亭的西面，湖面春水刚与堤平，白云低垂，同湖面上的波澜连成一片。

几处早出的黄莺争先飞向阳光温暖的树木上栖息，不知谁家新来的燕子在衔泥筑巢。

多彩缤纷的春花渐渐要迷住人的眼睛，浅浅的青草刚刚遮没马蹄。

我最爱的西湖东边的美景，总观赏不够，尤其是绿色杨柳荫下的白沙堤。

【鉴赏】

全诗以"行"字为线索，从孤山寺起，至白沙堤终。以"春"字为着眼点,写出了早春美景给游人带来的喜悦之情。尤其是"几处早莺争暖树,谁家新燕啄春泥",景中有人,人在景中,写出了孤山寺到白沙提一带的景色。诗歌不但描绘了西湖旖旎景色给人的感受,而且抒发了诗人陶醉在这良辰美景中的心情,进而欣赏了"浅草才能没马蹄"的新意。从结构上看,从描写孤山寺的春光,以及世间万物融在春色西湖的醉人风光之中的同时,也在不知不觉中深深被诗人那对待春天、对待生命的满腔热情所感染和打动了。诗中的"孤山""早莺""浅草"是纤细的描写,而"暖树""春泥""乱花""绿杨"则具有浓艳的色彩,纤秾融为一体。

3. 菩萨蛮·玉楼明月长相忆

〔唐〕温庭筠

玉楼明月长相忆,柳丝袅娜春无力。门外草萋萋,送君闻马嘶。　画罗金翡翠,香烛销成泪。花落子规啼,绿窗残梦迷。

【译文】

楼如白玉,楼外垂柳摇曳,正是暮春时节。梦中,萋萋的芳草、萧萧的马嘶,闺楼中的思妇,在明月之夜,正在苦苦地思忆着远方的离人。

罗帐上绣有一双金色的翡翠鸟,芳香的蜡烛融为滴滴的蜡泪。窗外残红飘落、子规啼血,窗内残梦凄迷、哀思绵绵。空楼相忆,思妇徒盼离人归来。

【鉴赏】

这是温庭筠组词《菩萨蛮》十四首的第六首,表现了思妇在玉楼苦于思忆而梦魂颠倒的情景。全词起两句为入梦,结两句为梦醒,"门外"两句为梦中幻景,"画罗"两句为梦时衬景,从室外写到室内,由梦前写到梦后,层次分明,脉络清晰,兼有幽深、精绝之美。

全词描绘了远人的悠悠行远、闺中人的脉脉多情,无论是"玉楼明月"的幽寂、"柳丝袅娜"的清柔、"画罗金翡翠"的凄迷,还是"花落子规啼"的哀艳,皆是闲闲流转,情丝绵绵,景真情真,一派自然,纤景之中充满浓情。

第八讲 诗韵之美

「含蓄」与「委曲」

"韵"在中国美学中是一种通感美。音乐、绘画、舞蹈、诗歌等艺术门类都强调要有"韵味"。《说文》训韵为"和也"。它最早的意义是谐音。诗同样强调要有"韵味",即有音乐感、节奏感。司空图强调诗歌要有"味外之旨",他说:"近而不浮,远而不尽,然后可以言韵外之致耳。"(《与李生论诗书》)"韵"的体验往往通过味觉、听觉、视觉、触觉以至于心觉去获得,这就要求在诗歌的审美中,要注重"象外之象""景外之景","句穷篇尽,目中恍然别有一境界意识",诗歌有"韵味"则为佳品。诗歌有"三味",即"意味""形味"和"韵味",三味俱全则佳,缺一寡味。在中国诗歌中,一望无际的草原,给人宽阔雄浑的感怀;开门见山,直抒情怀,给人以率直、率性的印象;层峦叠翠的群山,逶迤的大海,弯弯的小路,则给人以变化、幽深、新奇、流动的美感。北宋邵雍在《安乐窝中吟》中说:"美酒饮教微醉后,好花看到半开时。"南宋陆游也说:"山重水复疑无路,柳暗花明又一村。"这就是"含蓄"和"委曲"的韵味。

我们知道,"含蓄"是中国人赞赏的性格,这种性格表现在中国诗歌中为讲究"言外之意"和"韵外之味"。"含蓄"给人以回味无穷的审美体验；而"委曲"不但在诗歌的结构上起着起承转合的作用，而且在韵律上平仄结合，抑扬顿挫，朗朗上口，给人以起伏感、节奏感和流动感。司空图在《二十四诗品》中，对于诗韵之美没有从技巧方面去分析和介绍，而侧重于从风格方面去分析，这是从诗歌创作的"道"的高度去把握其美学意义。以下，就以"含蓄"和"委曲"两品作为范例进行阐述。

一、"含蓄"：包容深广 言尽意远

"含蓄"是中国美学中所推崇的一种审美情趣，指意蕴幽远、意味悠长、难以言传的艺术境界。"含蓄"的思想源于《周易》的阴柔之美这一概念。《周易》认为阴柔之美是一种宽厚博大的大地之美。其审美特征是包容、广大、内含、柔顺。《周易》的坤卦经文和传文说："坤"，"含弘光大""含章可贞""含万物而化光""有美含之"，这里的"弘""光""大""章""贞"都是"美"的表现。"含蓄"的美其实就是一种阴柔之美。道家的庄子也倡导含蓄，他说："语之所贵者意也，意有所随。意之所随者，不可以言传也。"（《天道》）《庄子》中有许多寓言、故事，其实都是庄子用"含蓄"的手法表达自己的立场、心态和态度。孟子讲"含蓄"是"言近而指远者，善言也"。刘勰在《文心雕龙》中指出了"含蓄"的美学意义，指出诗文要有耐人咀嚼的"味"，要"辞约而旨丰，事近而喻远""志隐而味深""深文隐蔚，余味曲包"。钟嵘在《诗品》中将"含蓄"与"韵味"联系起来，指出了"含蓄"的美学意象是"使味之者无极，闻之者动心"，指出了诗歌都给人回味无穷的审美享受。

后来许多诗人对"含蓄"在诗韵中的作用做了充分的肯定，宋代欧阳修在《六一诗话》中引梅尧臣的话说："必能状难写之景，如在目前，含不尽之意，见于言外，然后为至矣。"苏东坡说："言有尽而意无穷者，天下之至言也。"苏东坡认为直白者不能称为诗。清代吴乔的《围炉诗话》云："诗贵有含蓄不尽之意，尤以不著意见声色故事议论者为最上。"齐白石先生也说："语贵含蓄。""含蓄"的诗歌给人以回味，给人以韵味，是"物色尽而情有余"（《文心雕龙·物色》）。

在中国诗歌之中，"含蓄"的诗韵之美，通常用象征、暗示、意象等手法来表达，它是用富于启示力的形象，激发读者的时空联想、想象，留下宽广的空间，给人以多维思考，诱导读者自己用想象去补充和丰富，从而产生深远的意趣，这就是"含蓄"的魅力。

司空图在《二十四诗品》中讲的"含蓄"，可以说在中国诗歌美学中是最为系统、最为生动形象的表述，他指出了"含蓄"的内涵是"意在象外，含而不露"的美学特征，"不着一字，尽得风流"；指出了"含蓄"的喻意是象征、比兴，"是有真宰，与之沉浮"；指出了"含蓄"的实现途径是意象表达，"悠悠空尘，忽忽海沤"。以下，对这一品的诗韵之味做一些介绍。

（一）"含蓄"释名

"含"，形声字，从口，今声。"含"字指口含，含在嘴里。《说文·口部》："含，嗛也。""嗛"指用嘴含。"含"字从口，口是说话的工具，故"含"是把将要出口的话留在嘴里，意为包含。

"蓄"，形声字，从艸，畜声。《说文·艸部》："蓄，积也。"本义为积蓄、蓄养。"含蓄"有如下含义：

"含蓄"是一种宽广的胸怀和气度。"含"字，是口里有东西，是包藏。战国后期楚国辞赋家宋玉的《登徒子好色赋》中曰："华色含光，体美容冶。"意思是华丽的外表包含着光彩，体容美艳。"蓄"是"兼收并蓄"，是取长补短，以开放的胸襟接纳外来的东西，是借鉴、融合和创新。在诗歌中表现出雅致、韵味。杜甫《绝句四首》之三云："窗含西岭千秋雪，门泊东吴万里船。" 说的是从窗户看远景，远景近看，景物变化，因而看起来像装在一个窗柜子里一般。"含"字把宽阔的"西岭""秋雪"纳入了"窗口"之中，纳入了自己眼中，也纳入了自己心中。

"含蓄"是一种谦虚、内敛的姿态。"含"表示不外露。中国人以谦虚为美德，不喜欢张扬，崇尚低调的处事方式。中国人在感情上更是十分"含蓄"，以"含苞待放"为美，这与西方人的热情、奔放、外露不同，中国人更喜欢含情脉脉的婉转、暗示，或者用巧妙的方式表达自己的情感。

"含蓄"是一种气势的积蓄。"蓄"有储备之意，是"蓄"势待发。"含蓄"是情感的积蓄，到达一定的程度就可以喷发出来。"蓄"是"势"的准备。

"含蓄"是一种婉转的内心表达。"蓄"是把自己最宝贵、最隐秘的东西藏起来。俗话说："知人知面不知心。"人的内心往往最难以看得清楚。因此，要学会倾听、观察，明白"弦外之音""言外之意"。骆宾王有一首借物咏怀的五言律诗《在狱咏蝉》："西陆蝉声唱，南冠客思深。那堪玄鬓影，来对白头吟。露重飞难进，风多响易沉。无人信高洁，谁为表予心。"这首咏蝉的诗写于公元678年，作者由于上书议论朝政，触怒武则天，被诬陷下狱。"蝉"因"饮露而不食"而具有清高的品格，诗人借咏蝉表明了自己的清高。全诗紧扣蝉的特点，以蝉的"清畏人知"比喻自己的高洁，委婉含蓄，深沉凝练。

（二）"含蓄"析义

【原文】

不着一字，尽得风流。语不涉难，若不堪忧。
是有真宰，与之沉浮。如渌满酒，花时反秋。
悠悠空尘，忽忽海沤。浅深聚散，万取一收。

【译文】

不用文字明确表达，就能尽显风流。文辞虽未诉苦,情状已不胜悲忧。

自存天理,体悟一起沉浮呼吸。如酒香四溢不尽,又如花开绽放深秋。

空中的沙尘游荡不定,海里的泡沫漂荡涌流。万物变化聚散,诗歌博采精收。

【析义】

"含蓄"来自于中国传统的文化精神和风韵。《易传》推崇"含弘光大,品物咸亨"(《易传·象传上·坤》)的含蓄之美,指出了要藏纳深厚,包容万物。《周易》有两卦,"小畜"和"大畜"强调要"畜其德",象辞说:"大畜刚健,笃实辉光,日新其德。"强调要把"含蓄"作为修养之道,做人应当含蓄内敛、包容万物。道家强调"返虚入浑",儒家主张"费而隐"(广大而深沉),讲的都是要"含蓄"。

"含蓄"的这一文化精神表现在艺术上则是要求深文隐蔚,寄意深远,不能直露,要把自己所要表达的立场、观点、志向深藏在作品的故事、结构、形式和语言之中。诗歌的含蓄有如绘画之留白,给读者留下联想与想象的空间。司空图把"含蓄"作为诗韵之美的内容,体现了他的创作方式和审美品格。概括起来主要有如下几个方面的内容：

"含蓄"的核心精神是"意在象外，含而不露"。"不着一字，尽得风流"，说的是虽然没有明确的语言表白，但却有无限韵味藏在其中。这是可以意会，不必言传。"不着一字"的学说，与佛学相关。禅宗强调不立文字，佛祖拈花，迦叶微笑，达摩一默，皆是不依文字，尽传心德。"不着一字"，指的是不要被表面的文字所束缚，要防止"字执""法执"使自己的思维僵化、呆板。"尽得风流"，就是"言有尽而意无穷""意在言外"，妙在其中。钱锺书曾解释"不着一字，尽得风流"两句云："'不着'者，不多着、不更着也。已着诸字，而后'不着一字'，以默许言，相反相成，岂'不语哑禅'哉？马拉梅、克洛岱尔辈论诗，谓行间字际、纸首叶边之无字空白处与文字镶组，自蕴意味而不落言诠，亦为诗之干体。盖犹吾国古山水画，解以无笔墨处与点染处互相发挥烘托，岂'无字天书'或圆光之白纸哉？""不着一字"就是以"象"表"意"，以象抒情，尽量消隐作者之主旨、思想和精神。李白的《夜泊牛渚怀古》云："牛渚西江夜，青天无片云。登舟望秋月，空忆谢将军。余亦能高咏，

第八讲 诗韵之美:"含蓄"与"委曲"

斯人不可闻。明朝挂帆席,枫叶落纷纷。"这首诗表面上看是写牛渚西江秋天的夜景,平淡无奇,但意蕴深远,"空忆"表达了诗人对过去回忆的遗憾,尽管自己也像当年的谢尚那样富于文学才华,但已不可复遇,寓念着世无知音的深沉叹喟。而"枫叶落纷纷",象征着在无言中透着寂寞的孤舟远去,表达了寂寞的情怀。王昌龄的《长信秋词》曰:"奉帚平明金殿开,暂将团扇共徘徊。玉颜不及寒鸦色,犹带昭阳日影来。"诗中未有一言及怨,而失宠宫女的深沉幽怨、无穷哀思,则尽在形象之中、言词之外。

"含蓄"用意象去表现,是一种意象美。"象"这

云山图轴 〔清〕石涛

个概念出自《易经》。《易传·系辞传上》中说:"子曰:'书不尽言,言不尽意。然则圣人之意,其不可见乎?'子曰:'圣人立象以尽意,设卦以尽情伪,系辞焉以尽其言。'""夫象,圣人有以见天下之赜,而拟诸其形容,象其物宜,是故谓之象。"孔子认为,书面文字不能完全表达人的语言,语言不能完全表达人的思想。那么,圣人的思想难道就无法表达了吗?孔子又说,圣人创立象征来尽力表达他的思想,设卦来尽力反映万物的真情和虚伪。圣人发现天下幽深难见的道理,就把它比拟成具体的形象容貌,用来象征特定事物适宜的意义,这就是"象"。

意象,是意与象的融合,是生活的外在景象与诗人的内在情思的统一。朱光潜先生在《诗论》中说:"每个诗的境界都必须有'情趣'和'意象'两个要素,'情趣'简称'情','意象'即是'景'"。

钟嵘说,《诗经》有六种义例,其一叫作兴,其二叫作比,其三叫作赋。文辞已尽而意思有余,就是兴;借助事物来表明心中所想,就是比;直接书写事物,或虚拟人事来叙写,就是赋。推行这三种手法,掺杂使用,以风力为主干,以色彩为润饰,会使得吟咏的人流连不已，听闻的人怦然心动，这便是诗歌的极致。如果只使用比和兴的手法，弊病在于意思深奥，意思深奥则文辞艰涩；如果只使用赋的手法，弊病在于意思浮泛，意思浮泛则文辞松散显得轻率随便，致使文辞飘浮，无法停息，有芜杂散漫的弊端。

"含蓄"的诗韵创造方式是"意在象中，因象悟意"，也即有弦外之音，味外之味。"是有真宰，与之沉浮"，说的是用作暗示的"意象"作为宇宙的一种物质形态，也内含着自然法则，它所表现出来的只是冰山一角，更多的东西是深藏不露的。所以，要让意象任意沉浮。"如渌满酒"，如同从酒窖中过滤美酒；"花时反秋"，即是花将要开放，忽遇寒气，将开又收，有含苞之韵。"真宰"是内在的依据，"花蕊"是"含蓄"的情状。陆时雍在《诗镜·总论》中说："善言情者，吞吐深浅，欲露还藏，便觉此衷无限。"这个看法与佛学的"正法眼藏"有异曲同工之妙，都是要求人们有超越的思维、有创造性的想象力去联想和妙悟，体会其中的"味外之韵"。

"含蓄"表现为"藏"与"露"的有机统一。"含蓄"运用的是暗示性的手法，但并不是晦涩难懂，不是雾里看花，不是摸不着头脑，更不是莫名其妙，它同样是有明了性，是可以意会的。"悠悠空尘，忽忽海沤"，是说"含蓄"犹如空中的一粒微尘、大海中的一滴水泡，但是一粒微尘可以见证大千世界，一滴水可以汇成大海也可以印见太阳。"浅深聚散，万取一收"，是指从聚而复散、浅而复深的万象变化中，博采精取，以一驭万，得其环中。"含蓄"包含着"不二"的境界，是"露"与"藏"的巧妙结合。

在传统美学中有"隐秀"之说，其理论的落脚点是"隐处即秀处"，隐秀一体，无隐无秀。在"隐"与"秀"之间，隐是源，是根；秀是派，是现。正如虞集所言："文采已彰那可隐，芙蓉出水正华年。"

（三）"含蓄"例说

1. 玉阶怨

〔唐〕李白

玉阶生白露，夜久侵罗袜。

却下水晶帘，玲珑望秋月。

【译文】

玉石砌的台阶上生起了露水，深夜独立很久，露水浸湿了罗袜。

第八讲 诗韵之美:"含蓄"与"委曲"

回房放下水晶帘,仍然隔着帘子望着玲珑的秋月。

【鉴赏】

李白的这首宫怨诗,虽全诗不见一个"怨"字,但每一句都饱含幽怨之情。首先写了痴情怨女,无言独立于砌阶,冰凉的露水浸湿罗袜而浑然不觉,可见主人公伫立之久、孤独之甚、怨情之深。"玉阶""罗袜",表现出人的仪态、

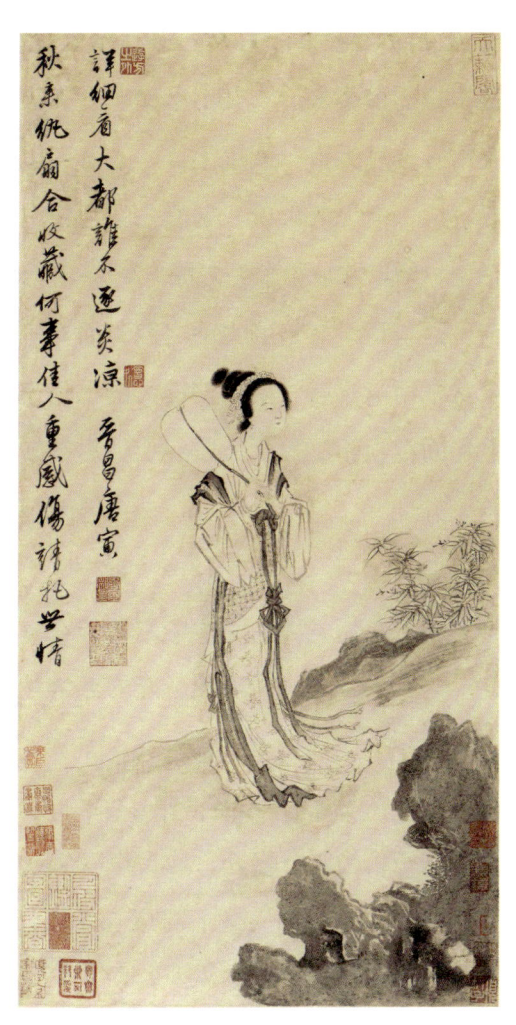

秋风纨扇图 〔明〕唐寅

身份,有人有景。夜凉露重,罗袜知寒,不说人而已见人的幽怨如诉,如有曹植"凌波微步,罗袜生尘"的意境。夜深、怨深,主人公深感幽独之苦,由帘外到帘内,拉下帘幕之后,又不忍使明月孤寂。似月怜人,似人怜月;月无言,人也无言。人有无限言语,月也有无限言语,但无处诉说,只能一味互望。这正是"不怨之怨",所以才显得愁怨之深。

这首诗没有声嘶力竭之弊,而有幽邃深远之美,写难状之情与难言之隐,使漫天的愁思充满全诗,却又在字句间捉摸不到。《玉阶怨》情思婉转,曲笔如缕,余韵无穷。

2. 乌衣巷

〔唐〕刘禹锡

朱雀桥边野草花,乌衣巷口夕阳斜。

旧时王谢堂前燕,飞入寻常百姓家。

【译文】

朱雀桥边野草盛开,乌衣巷口夕阳已斜。

当年王导、谢安檐下的燕子,如今已飞进寻常百姓家中。

【鉴赏】

这是唐朝诗人刘禹锡藏而不露、寄物咏怀的名篇。乌衣巷原是六朝贵族居住的地方,最为繁华,但是,有名的朱雀桥边如今竟长满野草,乌衣巷口也不见车马出入,只有夕阳斜照在昔日的深墙上。

这首怀古诗,凭吊东晋时南京秦淮河上朱雀桥和南岸乌衣巷,昔年繁华鼎盛,而今却野草丛生,残照荒凉,感慨沧海桑田、人生多变。以燕栖旧巢唤起人们想象,含而不露;以"朱雀桥""乌衣巷""野草花""夕阳斜"涂抹背景,美而不俗。语虽极浅,味却无限。诗人借写景,抒发了对盛衰兴败的深沉感慨。朱雀桥和乌衣巷依然如故,但野草丛生,夕阳已斜。荒凉的景象,已经暗含了诗人对荣枯兴衰的敏感体验。后两句借燕子的栖巢,表达了作者对世事沧桑、盛衰变化的慨叹,用笔尤为含蓄。

3. 春怨

〔唐〕金昌绪

打起黄莺儿,莫教枝上啼。

啼时惊妾梦,不得到辽西。

【译文】

我敲打树枝,赶走树上的黄莺,不让它在树上乱叫。

它清脆的叫声,惊扰了我的好梦,害得我在梦中不能赶到辽西,与戍守边关的亲人相会。

【鉴赏】

这首诗,语言生动活泼,具有民歌色彩,而且在章法上还有与众不同的特点:通篇词意联属,句句相承,环环相扣,四句诗形成了一个不可分割的整体。好像在说黄莺惊扰了好梦,其实写的是相思。四句只有一意,却不是一语道破,层次重叠,极尽委曲含蓄之妙,好似抽蕉剥笋,剥去一层,还有一层,每一句都令人产生一个疑问,下一句解答了这个疑问,而又令人产生一个新的疑问,如一位闺中少女为什么做到辽西的梦?她有什么亲人在辽西?此人为什么离乡背井,远去辽西?这首诗的题目是《春怨》,诗中人到底怨的是什么?难道怨的只是黄莺,只怨莺啼惊破了她的梦吗?这些,都不必一一说破,而又可以不言而喻,不妨留待读者去想象、去思索。这样,这首小诗就不仅在篇内见含蓄,而且还在篇外见深度了。

二、"委曲"：婉转曲折 动人心弦

"委曲"是一种委婉曲折的艺术表现手法，与"含蓄"的意义有相近之处，都是诗韵之美的表现手段，但两者也略有差别。"含蓄"更多的是用语言表达"言外之意、意外之境"；"委曲"更多的是从结构上"起承转合""一波三折"，在形式上用语曲折细腻，在布局上引人入胜、跌宕多变、峰回路转，给人以玄妙、幽远之美感。《诗式·卷一》云："盖作者存其毛粉，不欲委曲伤乎天真。"《皋兰课业本原解》云："文如山水，未有直遂而能佳者。人见其磅薄流行，而不知其缠绵郁积之至，故百折千回，纡余往复，窈深缭曲，随物赋形，熟读楚辞，方探奥妙耳。""委曲"主要体现为章法脉络发展的转折回旋、委曲变化，这在叙事词中表现得尤为突出。

（一）"委曲"释名

"委"，会意字，从禾，从女。从禾，指像垂穗的禾本科农作物，表示下垂、委曲。从"女"，为女人，表示柔顺。《说文·女部》："委，委随也。"本义为曲折，如委婉、委曲、委延、委屈。

"曲"，象形字。小篆为𠚣，字形像竹、柳编的筐、篓等器物的局部的剖面形，用以表示弯曲之意。《玉篇》："曲，不直也。"

在文学创作中，有一种创作手法叫"曲笔"，也就是不直接描写，而采取曲折迂回的笔法。"委曲"有如下含义：

"委曲"用委婉回旋给人以节奏的韵味。中国传统诗词，从《诗经》《楚辞》到汉乐府民歌、唐诗、宋词、元曲，其诗意与音乐性的旋律往往相和而生，婉转起伏，变化多样，如四季之代序、昼夜之交替、山水之起伏、人声之抑扬顿挫。这是诗歌依据汉语的节奏、音律特点而建立起来的，语言文字内部潜在的音乐美以节奏、平仄、声韵、双声等语言形式表现了出来。正如乐曲旋律中运用复调、变奏、再现等形式，给欣赏者带来了不一样的感受、理解，诗歌也常常运用委婉回旋的手法给人以新鲜的韵味。

"委曲"的内涵是丰富多变的委婉之美。"曲"字的象形，有曲折变化的形态，在音乐中"曲"表示乐曲的含蓄、委婉之美。在中国，《诗经》中认为"乐章为

第八讲 诗韵之美:"含蓄"与"委曲"

曲"。按照汉代经师的解释,所谓的"章",即是声音婉转曲折的意思。中国传统音乐讲究起、承、转、合的过程,是在曲折变化中表达统一和谐的美学特质。例如,《诗经》中的《国风·蒹葭》便采用了回环反复、重音叠字、反复吟咏的手法。这种一唱三叹的节奏,使诗显得委婉而意味深长,增强了抒情效果。

"委曲"有情、有韵,是中国诗歌的音乐式表达。丰富曲

溪山仙馆图 〔清〕王鉴

折的"曲",展示了曲线美。曲线是一种具有美学特质的线条,它于丰富的线条造型艺术之外,又往往成为人们情感的蕴藉,所以曲线美也逐渐成为一种美的范式。"曲径通幽处,禅房花木深",就是一条弯弯曲曲的小径,展示了优美清净的禅房。

(二)"委曲"析义

【原文】

登彼太行,翠绕羊肠。杳霭流玉,悠悠花香。

力之于时,声之于羌。似往已回,如幽匪藏。

水理漩洑,鹏风翱翔。道不自器,与之圆方。

【译文】

攀登太行山,羊肠小道盘绕着翠绿的山岗。云雾迷蒙下流水幽曲,散发出清新悠远的花香。

力量适时而发,笛声起伏抑扬。似往来曲折不尽,隐中显委婉多样。

如同水的波纹回转跃动,又似大鹏乘风飞卷翱翔。章法变化不拘僵死的格式,应随万物或圆或方。

【鉴赏】

中国美学认为"曲折有情"。"委曲"与"开门见山""直露无遗"相对,也是含蓄的一种表达,但它的独特美感表现在委婉、曲折、深邃、幽远上，是情感上的缠绵悱恻，是脉络上的百折千回，是节奏上的高低起伏，是结构上的错落有致，是环境上的曲径通幽。司空图在"委曲"这一品中，讲的是诗歌的柔和美、线条美、结构美。

"委曲"是一种柔顺的审美情趣。"委曲"，这种形状美表现为柔和、随顺。从线条的审美形状看，直线显示出力感和对称，曲线显示出弹性和随顺。中国人喜爱弯弯的桥梁、曲折的小路，这不是一种简单的形式趣味，而是在委婉曲折中体验人与物的优游，享受优雅的情趣，实现心灵的契合。司空图在这一品中，首先描写山曲、水曲、乐曲，用"春景"展示了"委曲"的情趣。"登彼太行，翠绕羊肠。杳霭流玉，悠悠花香。"讲的是曲径通幽的美景：羊肠小道苍翠蜿蜒，引我登临到太行山上；香渺的山岚，曲折的流泉，伴我进入了花香的世界。这里描绘了山林幽深，春意盎然，山泉潺潺，弯弯曲曲向前流去，闻到了阵阵花香，这是一种悠闲而又愉悦的情趣和心境。

"委曲"用结构的曲折表现缠绵悱恻的情感。此品用"力之于时，声之于羌"来描述，指与时变化、随化而迁、曲折尽致。"力之于时",是指力之宜于用时,有轻重低昂;"声之于羌",指急缓昂扬。我们知道"羌笛何须怨杨柳,春风不度玉门关"皆耳熟能详。羌笛,就是西北羌人的音乐,缠绵悱恻,令人难忘。音乐,正是用"委曲"呈现音乐形象,也是抒发乐曲创作者、歌咏者的内心情感,所以是一种"心曲"。歌曲的曲折多变与人类内心情绪复杂多样的变化有异曲同工之妙。"心曲"一词,最早见于《诗经》:"乱我心曲。"汉代郑玄笺注曰:"心曲,心之委曲也。"即是指人内心的曲折多变的状态。情绪是一种体验、一种反应与冲动,和缓的与激烈的、细微的与强烈的、轻松的与紧张的等诸多形式,莫不是与音乐审美心理紧密联系的。嵇康就谈道:"……声音之体,尽于舒疾,情之应声,亦止于躁静。"由此可见,歌曲可以非常生动、形象甚至直观地表达出人类的内心情感。诗歌也是如此,运用"委曲"的章法把情感表现得跌宕起伏、曲折动人。白居易的《长恨歌》是一首叙事长诗,描写了一个回旋曲折、婉转动人的爱情故事。诗歌采用回环往复、缠绵悱恻的叙事、抒情手法和精巧独特的艺术构思,写出了感人的爱情故事。诗歌在叙述了安史之乱前唐皇重色、杨妃专宠的极乐情景之后，用较大的篇幅描写了黄尘栈道、蜀江碧水、行宫月色、雨夜铃声、太液芙蓉、未央垂柳、春风桃李、秋雨梧桐、夕殿飞萤、耿耿星河等物象，一层一层将人带入伤心断肠的境界，从而千回百转、淋漓尽致地衬托出了唐皇心中的悔恨和痛苦。最后，用虚构的缥缈仙境使人物进一步回旋上升至高潮，这是诗歌中最为典型的写作手法。

"委曲"是委运任化的精神超越。"委曲"不仅仅表现在形式、形态上，其核心精神是纵浪大化，委运任化，顺应自然，天地与我并生，万物与我为一。为此，这一品中讲"道不自器，与之圆方"。《周易·系辞上》："形而上者谓之道，形而下者谓之器。""道"是指宇宙的本体、本系，是规律，是真理，是超越形体的某种抽象本质；"器"则是指器物、工具。这"道不自器，与之圆方"指出了宇宙大道不会具体为任何一种器物以自显其迹；它只会随物赋形，与时婉转，在圆成圆，在方得方。这就有如水一样，随形而变，随遇而安。"曲"虽然是一种美，但"曲"是建立在符合"道"的基础上的，是委运任化，是超越于曲，曲直包融，刚柔并济，内方外圆，最终达到的目标是不为曲所屈，不为曲所折，是以暂时的"曲"实现最终的"伸"，中国诗歌之中的"婉转""徘徊""跌宕"，都是随运顺化的审美观的体现。

（三）"委曲"例说

1. 春江花月夜

〔唐〕张若虚

春江潮水连海平，海上明月共潮生。
滟滟随波千万里，何处春江无月明。
江流宛转绕芳甸，月照花林皆似霰。
空里流霜不觉飞，汀上白沙看不见。
江天一色无纤尘，皎皎空中孤月轮。
江畔何人初见月？江月何年初照人？
人生代代无穷已，江月年年望相似。
不知江月待何人，但见长江送流水。
白云一片去悠悠，青枫浦上不胜愁。
谁家今夜扁舟子？何处相思明月楼？
可怜楼上月徘徊，应照离人妆镜台。
玉户帘中卷不去，捣衣砧上拂还来。
此时相望不相闻，愿逐月华流照君。
鸿雁长飞光不度，鱼龙潜跃水成文。

昨夜闲潭梦落花，可怜春半不还家。

江水流春去欲尽，江潭落月复西斜。

斜月沉沉藏海雾，碣石潇湘无限路。

不知乘月几人归，落月摇情满江树。

【译文】

春天的江潮水浩浩荡荡，与大海连成了一片。一轮明月从海上升起，好像与潮水一起奔涌出来。

月光照耀着春江随着波浪荡漾千万里，春江处处都有明亮的月光。

江水曲折地环绕着花草丛生的原野流淌，月光照射着开遍鲜花的树林好像细密的雪珠在闪烁。

月色如霜，霜飞

芦汀泛月图 〔清〕董邦达

无从觉察，洲上的白沙和月色融合在一起看不分明。

江水、天空浑然一色，没有一点微小的灰尘，明亮的天空中只有一轮孤月高悬。

不知江边上何人初看月，江上的月亮何年初照人？

人生一代一代相传无穷无尽，只有江上的月亮年年总相似。

不知江上的月亮等待何人，只见江水一直不停地流淌。

游子像一片白云缓缓地飘离，只剩下思妇站在离别的青枫浦畔不胜忧愁。

哪家的游子今晚坐着小舟在漂流？什么地方有人在明月照耀的楼上相思？

可叹楼上不停移动的月光，照耀着离人的梳妆台。

月光照进思妇的门帘，卷不走；照在她的捣衣砧上，拂不去。

这时人月相望但是互相听不到声音，多么希望能够随着月光一起流转铺洒到你那里。

鸿雁不停地飞翔，却不能飞出无边的月光，月照江面，鱼龙在水中跳跃，激起阵阵波纹。

昨天夜里梦见花落闲潭，可惜春天已过了一半，自己还不能回返。

江水带着春光将要流尽，水潭上的月亮又要西沉。

斜月慢慢下沉，藏在海雾里，碣石与潇湘的离人距离无限遥远。

不知道有几人能趁着月光回家，唯有那西落的月亮摇荡着离情，洒满了江边的树林。

【鉴赏】

闻一多先生对这首诗给予了高度评价，称这首诗"有的是强烈的宇宙意识，被宇宙意识升华过的纯洁的爱情，又由爱情辐射出同情心。这是诗中的诗，顶峰上的顶峰。"（《宫体诗的自赎》）这首诗一千多年来使无数读者为之倾倒。一生仅留下两首诗的张若虚，也因这首诗，"孤篇横绝，竟为大家"。

诗歌的题目就令人心驰神往。春、江、花、月、夜，这五种事物集中体现了人生最动人的良辰美景，构成了诱人探寻的奇妙的艺术境界。

这首诗以"月"为中心意象，紧扣春、江、花、月、夜的背景来写，先写月生、月到中天、月斜、月落，描写月夜的纯净、灵动之美；转而写月光下的爱情，月中景与人中情兼容，它犹如诗人跳动着的脉搏，又似一条生命纽带,通贯上下,触之生神,诗情随着月轮的升落而起伏曲折。月在一夜之间经历了升起—高悬—西斜—落下的过程。在月的照耀下,江水、沙滩、天空、原野、枫树、花林、飞霜、白沙、扁舟、高楼、镜台、砧石、长飞的鸿雁、潜跃的鱼龙,以及不眠的思妇和漂泊的游子,组成了完整的诗歌形象,展现出一幅充满人生哲理与生活情趣的画卷,结构起伏,情感丰富,委婉动人。

2. 山中与幽人对酌

〔唐〕李白

两人对酌山花开,一杯一杯复一杯。

我醉欲眠卿且去,明朝有意抱琴来。

【译文】

在山花丛中,你我对酌,我们喝了一杯一杯又一杯。

我喝醉想要睡去,你可暂且离开,如果有意明天抱琴再来。

【鉴赏】

李白的饮酒诗大多为兴会淋漓之作。此诗开篇就写两人对酌的情景。地点:山中;时间:盛开的"山花",这是指春日。先写了环境的幽美,接着说"两人对酌",表明这是意气相投的"友人"。此情此境,称心如意,于是"一杯一杯复一杯"。开怀畅饮,于是诗人酩酊大醉了。"我醉欲眠卿且去",刻画出饮者酒酣耳热的情态,也表现出对酌的双方是"忘形到尔汝"的知交。尽管颓然醉倒,诗人还余兴未尽,还不忘招呼朋友"明朝有意抱琴来"呢。此诗表现了超凡脱俗的狂士与幽人间的感情,诗中那种随心所欲、恣情纵饮的神情,鲜明地呈现在眼前。

这首诗独特的艺术表现力是含蓄不露、回环婉曲。诗以豪放为基调,但却含蓄,有波澜,有曲折,或者说直中有曲意。诗的前两句极写幻境之幽和痛饮之态,马上一转说到醉。从两人对酌到请卿自便,是诗情的一跌宕;在遣"卿且去"之际,末句又婉订后约,相邀改日再饮,又是一跌宕。如此便造成擒纵之致,将一种深情曲曲表达出来,自然而有味。此诗直在写眼前情景,曲在内含的情意和心思,既有信口而出、率然天真的妙处,又非一泻无余,故能令人玩味、引人神远。

3. 渡桑干

〔唐〕贾岛

客舍并州已十霜，归心日夜忆咸阳。

无端更渡桑干水，却望并州是故乡。

【译文】

外出在并州已经十年，想回家的心每天每夜都想着故乡咸阳。

我无故再一次渡过桑干河，回过头来望望并州，那里真像我的故乡。

【鉴赏】

这是一首写羁旅愁情的七绝。首先写久客并州的感触。客居并州已十年，对一个客居异乡的人来说，背井离乡的煎熬是很难受的，"归心日夜忆咸阳"，深刻地表现出了作者日夜思乡的愁苦心情。可是，命运好像与诗人作对似的，他非但不能回咸阳，反而又踏上了更遥远的征程。后两句接着写北渡桑干河后的心情。由此北行，便是荒寒的朔漠地带桑干河。这对诗人来说无异于是远去天涯。这思乡之情，变得更为深重了。既是如此，作者为什么不返回故乡，反而要远赴朔方呢？诗中的"无端"二字，包含着深意，含蓄地表露出一种求取功名富贵未遂、进退两难、身不由己的感慨。由于离家日远，思乡之情也就更为深切，所以当渡桑干河北去的时候，诗人不禁回首南望，怀念"第二故乡"，以至于"却望并州是故乡"了。这首诗通过移居来抒写羁旅之思，显得婉转曲折，自然真切，富于情味。

第九讲 诗言之美

「洗炼」与「形容」

第九讲 诗言之美:"洗炼"与"形容"

中国诗歌之美,美在词语。这些词语有色彩、有味道、有声音、有韵律,从而能抒发感情、打动人心、升华境界。

中国诗歌是一门语言的艺术,以精练而又生动的语言来表达丰富的内容,创造"味外之旨""景外之景"的意境,从而实现中国诗歌美学的审美境界。

中国诗歌不但追求整体风格的洗炼,而且追求炼句、炼字。宋代张表臣的《珊瑚钩诗话》说:"诗以意为主,又须篇中炼句,句中炼字,乃得工耳。以气韵清高深眇者绝,以格力雅健雄豪者胜。元轻白俗,郊寒岛瘦,皆其病也。"他指出诗意来自于炼字。炼字可以激活在场语言,并召唤语言诗性的降临,从而构建感性生命的言意空间,使在场语言由平面状态向圆融状态过渡。如王维《积雨辋川庄作》中的"漠漠水田飞白鹭,阴阴夏木啭黄鹂"一句,就化自李嘉祐的"水田飞白鹭,夏木啭黄鹂"。前者比后者显示出更广袤的诗意空间,其原因便在于炼字。王维用"漠漠"激活了"飞",用"阴阴"激活了"啭"。王维的《栾家濑》云:"飒飒秋雨中,浅浅石溜泻。跳波自相溅,白鹭惊复下。"用"跳""溅""惊""下"等动词描写了在清冷的雨中，水波惊起的鹭的活泼景致。王安石的"春风又绿江南岸"和李清照的"莫道不消魂，帘卷西风，人比黄花瘦"中，一个"绿"字和"瘦"字使得意境全出。这充分说明了炼字的重要性。

中国诗歌具有广阔的意境和丰富的想象力，实现这一功能的手段是形容。钟嵘的《诗品》曰："故诗有三义焉：一曰兴，二曰比，三曰赋。文已尽而意有余，兴也；因物喻志，比也；直书其事，寓言写物，赋也。弘斯三义，酌而用之，干之以风力，润之以丹彩，使味之者无极，闻之者动心，是诗之至也。若专用比兴，患在意深，意深则词踬。若但用赋体，患在意浮，意浮则文散，嬉成流移，文无止泊，有芜漫之累矣。"钟嵘讲的兴、比、赋，其实就是形容，把抽象的东西变得具体，把枯燥的东西变得生动，让人的视觉、听觉、嗅觉转化为心觉，而使诗歌产生感人的力量。

司空图在"洗炼"和"形容"两品中，形象地描写了诗歌艺术的表现手法，揭示了诗歌之美。

一、"洗炼"：凝炼素朴 真切精纯

用简洁、凝练的手法表达思想、塑造艺术形象，是中国审美意识在艺术创作中的体现。"洗炼"是按照语言的审美意识进行选择、取舍和提炼，以简洁准确的手段生动地表现出对象的特点和丰富内容。"洗炼"可以获得醒目、极致、传神的情景，创造出意味深远的意境。

"洗炼"是中国诗歌炼词造境的一种基本方法。清孙联奎的《诗品臆说》载："不洗不净，不炼不纯，惟陈言之务去，独戛戛乎生新。"他在这里强调洗炼有明净、纯洁之功。中国诗歌以语言作为艺术媒介，其语言必须简洁明了，从而立境、造境。

司空图在这一品中，不但强调炼句、炼字，更为重要的是"炼神"，其核心精神是"超心炼冶"，而实现"照神""返真"的意旨。

（一）"洗炼"释名

"洗"，形声字，从水，先声。"水"为清水；"先"是"跣"字的省字，意为赤脚。"洗"的字形为脚在水中，意为洗脚。《说文·水部》："洗，洒足也。""洗"指清洗，用水涤除污垢。"洗"的目的是为了去掉污垢，使物体变得干净。中国古代诞生礼中有一个"洗三"的仪式，是在婴儿出生后的第三日举行的一个沐浴仪式，亲朋好友为婴儿祝福。"洗三"的用意是洗涤污秽，祈求吉祥、消灾免难、健康成长。

"炼"，形声字，从火，柬声。繁体字为"煉"。"火"指物体燃烧时所发出的"光"和"焰"。"柬"是"煉"的本字，表示挑选、挑拣。"炼"表示通过火的冶炼达到纯净的程度。《说文·火部》："炼，铄冶金也。"本义指销熔并使金属纯净。段玉裁注："铄而治之，愈消则愈精。"

"炼"的过程和目的是去粗取精，去伪存真。刘琨的《重赠卢谌》中说："何意百炼刚，化为绕指柔。"经过许多冶炼而成的精钢，质地柔软得可以绕在手指上。炼是一个提纯、提高质量和品质的过程。如黄金的提纯是经过多次的冶炼而成的，故有"千锤百炼"之说。

"洗炼"是以"洗"为前提，以"炼"为过程。提纯任何一种矿物，首先都必须有一个"洗"或"炼"的过程，如"淘尽黄沙始见金"，黄金的冶炼，首先要经过"洗"的环节，然后进入冶炼，从而达到提高纯度的目的。

"洗炼"必须经历一个艰苦努力的过程。"炼"要付出智慧和汗水，甚至只有在"浴火重生"后才能锻造刚强的心灵。人的心灵必须持之以恒地修炼才能得纯正澄明，人的一生需要经过艰苦的磨炼才能修成正果，人的文章只有经过反复推敲、增删、修改才能雅正意清。

"洗炼"不但追求外表的修饰，而且力求"心灵"的纯净。我们为了卫生、健康和形象，要经常洗身、洗脸，但更重要的是"洗心""炼神"。"洗炼"，既在修身，亦在修心。长寿的秘诀是锻炼身体，洗净肌肤，但更重要的是修炼精神。"身心"同炼，要有毅力，持之以恒。"洗炼"对一个人来说是一个修养的事业，只有"一日三省吾身"，才能日臻完善，走向极致。

（二）"洗炼"析义

【原文】

如矿出金，如铅出银。超心炼冶，绝爱缁磷。
空潭泻春，古镜照神。体素储洁，乘月返真。
载瞻星辰，载歌幽人。流水今日，明月前身。

【译文】

如在矿石中炼出黄金,如从铅块里提取白银。精心提炼,除尽杂质。

深潭流泻的春水何等明净,古镜映照的物象多么传神。体察朴素事理,保持品德高洁,迎着明净的月光,求得心神纯真。

仰望天上的星辰,吟唱欢乐如隐人。今日清澈的流水,晶莹的月光是它的前身。

【鉴赏】

在司空图看来,"洗炼"既是一种语言风味,是"语不惊人死不休"(杜甫);又是一种具有"神味"的境界,从"炼句"进入"炼神",以达到以形传神的极致。这一品大致讲了如下几个方面的内容:

"洗炼"表现为诗歌语言的淘洗锻炼,新奇传神。"如矿出金,如铅出银",这是比喻从金矿中提取纯金,从铅块中提炼纯银,谕示着诗人要善于"炼句""炼字",特别要注重使用好"诗眼"。中国诗歌注重创设意境,而创造意境的关键在于自然、生动地炼好诗句,"诗眼"往往是一字出新意、一字出境界。有一个关于"推敲"的典故,说的就是炼字的故事。唐代

第九讲 诗言之美:"洗炼"与"形容"

韦绚在《刘宾客嘉话录》中记录:

> 岛初赴举京师,一日于驴上得句云:"鸟宿池边树,僧敲月下门。"始欲着"推"字,又欲着"敲"字,炼之未定,遂于驴上吟哦,时时引手作推敲之势。时韩愈吏部权京兆尹,岛不觉冲至第三节。左右拥至尹前,岛具对所得诗句云云。韩立马良久,谓岛曰:"作敲字佳矣。"遂并辔而归,留连论诗,与为布衣之交。自此名著。

贾岛的原诗是这样的:

> 闲居少邻并,草径入荒园。
> 鸟宿池边树,僧敲月下门。
> 过桥分野色,移石动云根。
> 暂去还来此,幽期不负言。

贾岛这首诗说的是他有一次去拜访独居的好友李凝,李凝的住宅附近没有邻家,显得闲适宁静,只有一条长满杂草的小径通向荒芜的小院。月下鸟儿歇宿在池边的树上,僧人敲响了友人的院门。可惜主人不在家,他只好往回走,过了桥便是野外的景色,一路上云雾飘移,好像山石也在移动。今晚我暂时离去,改日当重来,决不食言。

贾岛被称为"苦吟诗人",常常为"炼字"而痴迷。在这首诗里用"推"字好还是用"敲"字好,他一下子拿不定主意。因过于痴迷而冲撞了时任吏部权京兆尹的韩愈。韩愈的随从把贾岛押至韩愈面前,贾岛告以实情。韩愈听后认为还是用"敲"字为好。从审美的角度看,理由有三:一是"敲"字有视觉和听觉的要素。"闲居少邻并",一个"闲"字已表达了幽静的环境;"草径入荒园",已写了荒草萋萋的意境。僧人"敲"门,是在"月下",符合幽居之"幽"的境界和心情。二是"敲"字是动静的结合。在幽静的夜晚,用"推"字没有声响,用"敲"字形成

烟树板桥图　〔明〕陈淳

了对比,"敲"门的声音反衬了"静"的环境。三是"敲"字反映了僧人的修养和礼貌。去造访别人如果不敲门,即推门而入,显得粗鲁和不礼貌,用"敲"字符合客人的身份,表达了客人对主人的尊重,也表现了客人的彬彬有礼。

中国诗学上有一个"苦吟派",苦吟派诗人专注于炼字:"两句三年得,一吟双泪流。"(贾岛《题诗后》)诗人卢延让形容自己的《苦吟》:"吟安一个字,拈断数茎须。"炼字的功夫,在于创造出意境。如北宋宋祁《玉楼春·春景》中的"红杏枝头春意闹",用了一个"闹"字,使繁盛喧闹的春景跃然于眼前,将人们心中点点滴滴的期待描绘了出来。北宋词人张先《天仙子·水调数声持酒听》中的"云破月来花弄影",一个"弄"字,将文字变成一幅流动的月下弄影的画卷,增添了一种动态之美,使整首诗的意境变得灵动起来。

"诗眼"作为诗的点睛之笔,一个字就能出意境。王国维主张作诗要词与意符、文能达意、意能和词,这样境界就能自然流露。

"洗炼"的核心内容是"洗心""炼神"。"洗炼"从表面上看是诗句的简洁明了,从运思形态上看是清新明快,但从根本上看取决于诗家的"洗心"和"超心"。"炼字"是技,"炼神"则是道。"洗炼"从根本上说是诗人的人格境界、精神境界的升华。"超心炼冶,绝爱缁磷",超越了束缚,洗涤尘埃,杜绝爱怜之意,勇于扬弃。这是不拘常规,敢于突破,甘愿断、舍、离,化腐朽为神奇。"空潭泻春,古镜照神",指空潭寂静无波,古镜不染世尘,用以比喻心灵的洗炼之功。"体素储洁,乘月返真",这是本体纯净、返璞归真。这几句话,讲的是诗语之美来自于诗人精神境界的净化和超越,发自于本心、本性、本色。在这里,司空图指出了"炼句"与"炼神"的统一,内容与形式的统一。只有"超心炼冶",才能回归宇宙境界的纯真。

"洗炼"所要达到的境界是简洁明净。"洗炼"经过了"洗"和"炼"的过程,从"炼字""炼句"进入"炼神",最后要达到的目的是简洁明净。"载瞻星辰,载歌幽人",是指瞻望皎洁的星辰,悠然吟唱,山空松子落,天净孤月悬,多么清幽飘逸。"流水今日,明月前身",是讲青山不老,绿水长流,明月永在。这是对瞬间永恒境界的发现。瞬间永恒,就是没有瞬间,没有永恒,实现了对时空的超越。

"洗炼"这一品的核心精神和美学思想是"超心炼冶",核心锤炼文句很重要,心灵的修炼更重要。只有"洗心""炼神",实现心灵的明净,才有诗语的简洁澄明。

(三)"洗炼"例说

1. 望岳

〔唐〕杜甫

岱宗夫如何?齐鲁青未了。

造化钟神秀,阴阳割昏晓。

荡胸生层云,决眦入归鸟。

会当凌绝顶,一览众山小。

【译文】

泰山呵,你究竟有多么宏伟壮丽?

你既挺拔苍翠,又横跨齐鲁两地。

造物主给你集中了瑰丽和神奇,

你高峻的山峰,将南北分成晨夕。

望那层云气升腾,令人胸怀荡涤,

看归鸟回旋入山,使人眼眶欲碎。

有朝一日,我总要登上你的绝顶,

岱岩标胜册·岱顶　〔清〕弘旿

把周围矮小的群山，一览无遗！

【鉴赏】

这首诗是杜甫青年时代的作品，充满了诗人青年时代的浪漫与激情。全诗没有一个"望"字，却紧紧围绕"望"字着笔，由远望到近望，再到凝望，最后是俯望。诗人用字洗炼、传神，描写了泰山雄伟磅礴的气象，洋溢着蓬勃向上的朝气。

"造化钟神秀，阴阳割昏晓"，用一个"钟"字把天地造化之功写活了。大自然是如此钟情于泰山，给予泰山神奇和秀美。由于山高，天色的一昏一晓被分割于山的阴面和阳面。用一个"割"字，写出了宇宙的力量，泰山以其高度将山南山北的阳光割断，形成不同的景观，突出了泰山遮天蔽日的形象。这里诗人用"割"字使静止的泰山顿时充满了雄浑的力量。"荡胸生层云，决眦入归鸟"两句，是写细望。"决眦"二字尤为传神，生动地体现了诗人在这神奇缥缈的景观面前像着了迷似的，为了看够，因而使劲睁大眼睛张望，故感到眼眶犹似撕裂。"会当凌绝顶，一览众山小"，用一个"凌"字突出了泰山的高峻，写出了雄视一切的姿态和气势，也表现出了诗人的心胸和气魄。众山的小和高大的泰山进行对比，表现出诗人不怕困难、敢于攀登绝顶、俯视一切的雄心和气概。可见，全诗造句炼字之神妙。

2. 终南望余雪

〔唐〕祖咏

终南阴岭秀，积雪浮云端。

林表明霁色，城中增暮寒。

【译文】

终南山的北面，山色多么秀美；

峰顶上的积雪，似乎浮在云端。

雨雪晴后，树林表面一片明亮；

暮色渐生，城中觉得更冷更寒。

【鉴赏】

祖咏年轻时去长安应考，文题是"终南望余雪"，必须写出一首六韵十二句的五言长律。祖咏看完后思忖了一下，立刻写完了四句，他感到这四句已经表达完整，如写成六韵十二句的五言体，就会有画蛇添足的感觉。当考官让他重写时，他又坚持了自己的看法，考官很不高兴，结果祖咏未被录取。但这首诗一直流传至今，被清代诗人王渔称为咏雪最佳作。

诗人咏终南山之秀美，在于精练含蓄，别有新意。诗人从长安城中遥望终南山，所见的自然是它的"阴岭"；一个"阴"字，用得很确切，山阴有"余雪"。"积雪浮云端"，这个"浮"字用得多传神！这是说：终南山的阴岭高出云端，积雪未化。云，总是流动的；而高出云端的积雪又在阳光的照耀下寒光闪闪，不正给人以"浮"的感觉吗？"林表明霁色"，用了"明"字，让人似乎看到雪的白和亮的色彩。"霁"字用得也非常准确传神。"林表"承"终南阴岭"而来，自然在终南高处。只有终南高处的林表才有霁色，表明西山已衔半边日，落日的余光平射过来，染红了林表，不用说也照亮了浮在云端的积雪。而结句的"暮"字，也已经呼之欲出了。此刻，日暮之时，望终南余雪，寒光闪耀，令人增添寒意。情、意均已表达出来，再啰唆续句，未免有画蛇添足之感。

二、"形容"：形神兼备　触处成真

诗歌的语言既要简洁明了，也要形象生动，富有感染力。因此，诗歌常常运用比喻、夸张、借代等手法，去表现诗的主题、意境，这就是"形容"。

"形容"一词，最早见于《楚辞·渔父》："行吟泽畔，颜色憔悴，形容枯槁。"在这里"形容"主要指人的形体容貌。后来，"形容"被用于艺术理论，多指形象。《历代名画记·叙画之源流》中说："留乎形容，式昭盛德之事；具其成败，以传既往之踪。""形容"已经成为彰显美德、怀古咏史、借古鉴今的手法了。《二十四诗品》在"形容"这一品中，阐释"形容"的本质是建立在"真"的基础上，"形容"要以

"气象"来表达,"形容"要契合大道,力求做到形神兼备,以形写神,以神表形。以下,对这一品的美学意义和手法做一些介绍。

(一)"形容"释名

"形",会意字。"彡"通常用于表示光彩、须毛、光影、纹饰等,指客观存在的外在特征、细节等。《说文·彡部》:"形,象形也。"本义指事物显露在外的物形。西汉司马迁《史记·太史公自序》中说:"形者,生之具也。"意思是说,世间万物从产生之始即有其外表、特征和形状。

"容",会意字,从宀,从谷。从"宀"表示与房屋有关;"谷"为山谷洼地,指两山之间空旷而广大之处。《说文·宀部》:"容,盛也。"本义为容纳。"容"是可以装山谷之屋,足见其空间之宽广;人的心胸似"谷",可纳万物,也指宽阔。"容"也延伸指人的容貌、神情和气色。古人云:"士为知己者死,女为悦己者容。"这里指的是一个人的容貌和仪表。

"形容"是一个人的心地、修养和气质的外在表现。俗话说:"相由心生。"一个人的品质、修养和气质通常都会从言行举止、衣食住行中体现出来,我们可

第九讲 诗言之美:"洗炼"与"形容"

梅花仕女图 〔元〕佚名

以从一个人的形与容去判断一个人所从事的职业、道德品质和文化修养。所以,"形容"是评价一个人优劣的方法之一。

"形容"是表达事物的形象、意象的手法。《礼记·乐记》中说:"在天成象,在地成形。""象"为景象、现象,"形"为具体的形状,在诗歌中诗人往往用"形容"来描绘一种形象、意象。他们常常用形象的比喻、夸张和带有象征色彩的语言,去创立意境,激发想象。如"白发三千丈,缘愁似个长。不知明镜里,何处得秋霜"(李白《秋浦歌》);"试问闲愁都几许?一川烟草,满城风絮,梅子黄时雨"(贺铸《青玉案》);等等,都有这方面的特点。又如李白的《忆秦娥》:"乐游原上清秋节,咸阳古道音尘绝。音尘绝""西风残照,汉家陵阙。"在这里用"音尘绝,西风残照"的形象,表达了充满悲伤的情绪,但场面宏大,意境深远,化悲伤为悲壮,让人与诗中情景融为一体,浑然天成。

"形容"是"形神"的有机统一。"形"是"神"的载体,"神"是"形"的灵魂。《庄子·外篇·天地》中说:"物成生理,谓之形。""形"是自然界存在的本来状态,是天生的。"神"是指人的精神和心理。秦汉时的《黄帝内经》中说:"心者,君主之官也,神明出焉。"荀子认为:"形具而神生。"人的心理是由躯体所派生的。东汉桓谭的《新论》中说:"精神居形体,犹火之然烛矣。"指出形神相依。优美的诗歌一定是形神兼备、以形写神的。

(二)"形容"析义

【原文】

绝伫灵素,少回清真。如觅水影,如写阳春。

风云变态,花草精神。海之波澜,山之嶙峋。

俱似大道,妙契同尘。离形得似,庶几斯人。

【译文】

凝神专注,积蓄纯洁感情,就会清新逼真。像刻画水中的倒影,如描写艳阳的芳春。

风云变化而多姿,花草繁茂而有神。大海波涛汹涌,高山险峻幽深。

这些都是自然之道,与万物美妙地契合。能够不拘形貌做到神似,那才是真正善于形容的诗人。

【鉴赏】

"形容"是诗歌的表达手法之一,"洗炼"注重简洁,"形容"注重形象。"形容"的本质在于体现自然之本体,强调"形容"的传神为高,形神兼备是最高的诗境。"形容"的内涵大致有如下几个方面:

一是"形容"要立足于自然之"真"。"形容"可以夸张、想象,但不能离开事物的本质。"绝伫灵素,少回清真",说明要凝神聚气,专意揣摩,就能返归清气,揭示自然的真实面目。事物的"形"与"质"虽然是有联系的,但我们观察事物不能停留在"形"的表面现象上,还要看事物的内在本质,否则,就只能虚浮于表面,受假象所欺骗。在道家的理念中,"大方无隅,大器晚成;大音希声,大象无形"。意思是最大的方正看不到棱角,至大的器物必然晚成;越好的音乐越寂静无声,越

松阁听泉图轴 〔清〕方琮

好的形象越缥缈无形。真正的大必定是隐匿的。因此，大道无形，大智慧是看不见的，也没有固定的形态让人们能道尽，犹如神龙见首不见尾。老子告诫我们不要拘泥于事物的外观，因为外观都是可变的、善变的、带有虚假性的。不要只看到冰山一角便认为冰山很小，其实露在海面上的只是一小部分，更庞大的隐藏在海平面下。诗歌的"形容"建立在写"真"的基础上，诗歌语言的生动，不能追求虚幻的"影"，必须深入到事物的本质。本品中讲了六个比喻："如觅水影，如写阳春。风云变态，花草精神。海之波澜，山之嶙峋。"说的是不能停留在水的影子、风云的形态、花草的茂盛、大海的壮阔、高山的气绝上，而是要写出人对事物的真实感觉，让人的真性澄明地呈现。王维的《新晴野望》云："新晴原野旷，极目无氛垢。郭门临渡头，村树连溪口。白水明田外，碧峰出山后。农月无闲人，倾家事南亩。"诗中用"野旷""村树""白水""农月""事南亩"形容了秀丽的田园风光，描绘了农家勤于耕耘的乐趣。

二是"形容"要借"形"写"神"。"形"是"容"的情状，要善于以"形"去描绘容貌。"如觅水影,如写阳春",这是如捕捉水影、描摹阳春一样,借"形"以"容"。但停留在这个阶段是不行的,要以"形"传神,以"形"抒情,"风云变态,花草精神",这是"观于风云之变化,以致其性情之发挥"。诗人描写花卉植林,往往是以物寄情、托物言志,如梅花之高洁、兰花之清幽、竹子之正直、青松之劲健等等。

竹柏长春轴 〔清〕恽寿平

三是"形容"要实现形神的融合。"俱似大道,妙契同尘",是指"形"与"神"要奇妙地相契,合于天道,浑然天成。"离形得似,庶几斯人",是说不求形似,而求神似,形神浑融,才是真正的"形容"高手。中国诗歌的语言要求"形神兼备","形"而无"神",则没有神采,"神"是"形"的主宰。形神融合就是大道之形,就是"形容"的审美形态。

中国诗歌以意象为境界,以抒情为宗旨,以"形容"的语言来表达,要让诗歌达到优美的境界,不但要追求形似,更要追求传神,给人以无穷的韵味。

(三)"形容"例说

1. 早发白帝城

〔唐〕李白

朝辞白帝彩云间,千里江陵一日还。

两岸猿声啼不住,轻舟已过万重山。

【译文】

清晨,朝霞满天,我就要踏上归程。

从江上往高处看,可以看见白帝城彩云缭绕,如在云间,景色绚丽!

千里之遥的江陵,一天之间就已经到达。

两岸猿猴的啼声不断,回荡不绝。

猿猴的啼声还回荡在耳边时,轻快的小船已驶过连绵不绝的万重山峦。

【鉴赏】

诗人充分运用"形容"的手法,表达了遇赦之后海阔天空的爽快心情。

首句"朝辞白帝彩云间",描写了白帝城地势之高、船走之快。"彩云间"既是写早晨的景色,又显示出从晦冥转为光明的大好气象,透露出诗人兴奋的心情。"千里江陵一日还",以空间之远与时间之短做对比。"一日"而行"千里"透露出诗人遇赦后的喜悦。"还"字说明了诗人此程如同回乡一样,更见欣喜之情。

"两岸猿声啼不住",是因为他乘坐飞快的轻舟行驶在长江上,耳听两岸的猿啼声,舟行人速,使得啼声和山影在耳目之间"浑然一片"。清代桂馥称赞此诗:"妙在第三句,能使通首精神飞越。"(《札朴》)

瞬息之间,"轻舟已过万重山"。为了形容船快,诗人给船添上了一个"轻"字。这里既是写景,又是比兴;既是个人心情的表达,又是人生经验的总结,因物兴感,精妙绝伦。

2. 天净沙·秋思

〔元〕马致远

枯藤老树昏鸦,小桥流水人家,古道西风瘦马。
夕阳西下,断肠人在天涯。

【译文】

天色黄昏,一群乌鸦落在枯藤缠绕的老树上,发出凄厉的哀鸣。小桥下流水哗哗作响,小桥边庄户人家炊烟袅袅。古道上一匹瘦马,顶着西风艰难地前行。

夕阳渐渐失去了光泽,从西边落下。凄寒的夜色里,只有孤独的旅人漂泊在遥远的他乡。

【鉴赏】

这首小令很短,一共只有五句二十八个字,无一"秋"字,但却描绘出一幅苍凉动人的秋郊夕照图,并且准确地传达出旅人凄苦的心境,被赞为"秋思之祖"。这首小令前四句皆写景色,这些景语都是情语,"枯""老""昏""瘦"等字眼蕴含着浓郁的秋色和无限苍凉、悲苦的情调。而最后一句"断肠人在天涯"作为曲眼,更具有画龙点睛之妙,使前四句所描之景成为人活动的环境,成为天涯断肠人内心苍凉情感的触发物。曲中的景物既是马致远旅途中之所见,乃眼中之物;同时又是其情感载体,乃心中之物。全曲景中有情,情中有景,情景妙合,构成了一种动人的艺术境界。

3. 春望

〔唐〕杜甫

国破山河在,城春草木深。

感时花溅泪,恨别鸟惊心。

烽火连三月,家书抵万金。

白头搔更短,浑欲不胜簪。

【译文】

国都已被攻破,只有山河依旧存在,春天的长安城满目凄凉,到处草木丛生。

繁花也感伤国事,难禁涕泪四溅,亲人离散,鸟鸣惊心,反增离恨。

战火多月连续不断,家书珍贵,一信难得,足抵得上万两黄金。

愁白了头发,且越搔越稀少,少得连簪子都插不上了。

【鉴赏】

这首诗借景抒情,情景结合,运用形象、对比、象征的手法,抒发了诗人忧国、伤时、念家、悲己的情感以及对亲人的思念之情。起首"国破山河在",触目惊心,有一种物是人非的历史沧桑感,写出了国破城荒的悲凉景象。"感时花溅泪,恨别鸟惊心",以物拟人,将花鸟人格化。有感于国家的分裂、国事的艰难,长安的花鸟都为之落泪惊心,用拟人的手法表达出亡国之悲、离别之愁,体现出诗人的爱国之情。诗人由登高远望到焦点式透视,由远及近,感情由弱到强,就在这感情和景色的交叉转换中含蓄地传达出诗人的感叹忧愤。国家动乱不安,战火经年不息,人民妻离子散,音书不通,这时候收到家书显得尤为珍贵。"家书抵万金"从侧面反映了战争给人民带来的巨大痛苦,以及人民在动乱时期想知道亲人平安与否的迫切心情,同时也以家书的不易得来表现了诗人对国家动乱的深深忧虑。最后两句写诗人那愈来愈稀疏的白发,连簪子都插不住了,以动作来写诗人忧愤之深广。整首诗情景交融,感情深沉而又含蓄凝练,言简意赅,充分体现了诗人"沉郁顿挫"的艺术风格。

结　语

中国诗歌传神旨远、形神兼备、语言精炼、节奏明快、音韵有致，抒发人的情感、直达人的心灵、升华人的境界，既是美的艺术样式，又是美育的宝贵资源，值得我们去品读、感悟和创造。

《二十四诗品》是关于中国古代诗歌美学、诗歌创作理论的专著，是今天我们学习、品鉴、创作诗歌之美的经典。这部经典在中国诗歌美学中有三大突出特征：

一是富有哲理性。《二十四诗品》的审美思想建立在道家的思想基础之上，又融合了儒家、佛家的审美观念，以天地人和为审美境界，以自然淡远为审美情趣，以阳刚之美与阴柔之美为主要风格，把理、情、意融合在一起，蕴含着无限哲思，充满宇宙意识和生命意识，司空图认为宇宙的本体和生命是道，诗歌的内核应当表现宇宙的本体和生命。伟大的诗是对宇宙最深刻关怀的把握。这就大大地拓展了诗歌的精神境界。诗歌如果仅仅是无病呻吟，仅仅是描写风花雪月，仅仅是排遣个人情绪，必然会丧失生命力和感染力。在诗歌中我们看到了诗意的光芒，这是因为"物我一体"，心灵进入了无限的精神空间，享受着大自然和煦的阳光。

二是富有思辨性。哲理性主要回答诗歌本体性的问题，思辨性则是其主要的鉴赏方法。司空图以"目击道存""比物取象"的思维方式，将对生命的体知、对诗意的了悟、对诗思的省悟融合起来，超越经验世界，超越物我的分别，构建了对立统一的辩证关系。《二十四诗品》所标示的诗歌审美，都是阴阳合德之美、阴阳和气之美，他所讲述的审美概念往往是相对应的、相互依存的，如"雄浑"与"冲淡"、"劲健"与"绮丽"、"含蓄"和"豪放"等，特别是在"超诣"这一品中，突出讲了"超越"精神，可以说"超越"精神贯穿于整部诗品之中。司空图主张诗歌的审美过程中要注重主体与客体的统一、理性与感性的会通、灵感与形象的融合，这就为我们提供了一个科学的审美方法。

三是富有意象性。诗歌的美感来自于意象。"意象"的表达形式有比喻式意象、象征式意象、通感性意象等。《二十四诗品》运用形象的比拟，用诗的语言描写出各种意象，通篇用感性的画面形象而不做理性的逻辑分析，让读者品味、体悟、把握，全书注重诗意的形象性与通篇意境的融合。司空图认为诗应有"味外之味"，讲究"意外之象""景外之景"，提倡"近而不浮、远而不尽"的韵外之致，从意象中去联想、想象和表现美感。

《二十四诗品》没有讲具体的诗歌创作方法，主要内容在于讲"品"，即如何去品鉴、品味中国诗歌艺术，它是我们把古典诗歌美学运用至今天诗意生活的一座桥梁，让我们的心灵更加光明、情感更加丰盈、情趣更加高雅，让我们的人生更加幸福和美好！这就是我们学习《二十四诗品》时最大的收获。

参考书目

[1] 肖驰. 中国诗歌美学[M]. 北京：北京大学出版社，1986.

[2] 葛晓音. 唐诗宋词十五讲[M]. 2版. 北京：北京大学出版社，2013.

[3] 文爱艺. 司空图·二十四诗品（当代版）[M]. 重庆：重庆大学出版社，2019.

[4] 朱良志.《二十四诗品》讲记[M]. 北京：中华书局，2017.

[5] 司空图、袁牧. 二十四诗品·续诗品[M]. 陈玉兰，评注. 北京：中华书局，2021.

[6] 唐诗三百首[M]. 顾青，编注. 北京：中华书局，2009.

[7]朱立元.艺术美学辞典[M].上海:上海辞书出版社,2012.

[8]唐诗三百首图文本[M].孟国梁,注评.上海:上海古籍出版社,1999.